文春文庫

瞳のなかの幸福

小手鞠るい

文藝春秋

目次

瞳のなかの幸福

生れたときはひとりだったし
死ぬときもひとりだもの
いまひとりだって
さびしくない
いや
ちょっとさびしい
なぜだろう

——やなせたかし「ひとり」

第一章　自分を探す

自分探しなんて、する必要はありません。探さなくても、あなたという「自分」はいつだって、あなたの中にいるはずです。この世にたったひとりしかいない、あなたの心の中にだけしか存在しない「自分」を、どうしてわざわざ探さなくてはならないのでしょう。本当の自分を見つけたい？　その質問自体が間違っています。だいたい「自分」という存在に、本当も嘘もないはず。すべてが本当の自分じゃないですか。

そこまで読み進めたとき、ページをめくる指が止まった。

開いた文庫本を手にしたまま、私は窓の外に目を向けた。

まるで金太郎飴のように、切っても切っても同じ模様の出てくる東京郊外の街並みが、うしろへうしろへと飛び去っていく。この電車に乗っているときにはいつも、今が刻一刻と過去に変わっていくのを意識する。

見慣れた、というよりも、見飽きたというべき雑駁《ざっぱく》な景色を、今さら見たいと思ったわけではない。なんとはなしに、深呼吸したくなった。

お昼過ぎに東京駅から乗り込んだ、成田空港行き快速電車。

窓の向こうには、灰色の墨を流したような曇り空が広がっている。

九月の土曜の午後。三連休の初日。

季節は秋だけど、都会の季節感は薄い。

「自分探し」という四文字が喉に引っかかって、うまく息が吸えなくなっている。

いやな言葉だと思う。私はいまだにこの言葉が嫌いだ。

あの頃、巷《ちまた》にはこの言葉があふれていた。ほとんど跋扈《ばっこ》していたと言っていいだろう。

――これから、自分探しをしようと思ってる。

ふいに現実が遠ざかり、列車のスピードに合わせて、過去がぐんぐん近づいてくる。

――このままじゃ、だめだと思ったんだ。妃斗美《ひとみ》のことを嫌いになったわけじゃない。

そんなことは全然ない。誓ってそう言える。

――なのに、私といっしょには、自分探しはできないってこと？

――考えに考えて、悩み抜いた末に導いた結論なんだ。このままずるずる妃斗美と結婚して、家庭を持ったりしてしまったら、俺には俺の生き方ができなくなる。本当の自分ではいられなくなる。それは俺にとって、死ぬのと同じことだ。妃斗美は俺に「死ね」って言いたいのか。

――そんな……。

七年以上も前に交わされた会話だ。

彼の存在はすでに遠く、思い出は記憶の湖に沈んだままなのに、この会話だけはしぶとく、いつまでも消えない水紋のように、私の胸の奥で揺れている。

私は二十八歳。彼は二十九歳。

大学時代につきあい始めて、社会人になってからいっしょに暮らすようになり、互いの親にも紹介し合って、正式な結納まで交わして、結婚式まで秒読みだった人から突きつけられた別れ。

それまでの私の人生の中で、父の死の次に大きな出来事だった。

とはいえ、決して青天の霹靂《へきれき》だったわけではない。

大学時代からジャーナリストを目指していて、中堅どころの新聞社に採用されたものの、図らずも販売促進部に配属され、来る日も来る日も外回りの営業を余儀なくされていた彼が現状に満足できていないということに、私はうすうす気づいていた。気づいていながら、彼が何も言わないのをいいことに、知らぬが仏で通していた。私にも責任があったのかもしれない。

でも、当時はとてもそんなふうには思えなかった。ただただ、情けなくて、くやしくて、つらかった。

いっそ、嫌いになったと言われたかった。ほかに好きな人ができたんだ、と言われてもよかった。その方が、受ける傷は一時的には深かったかもしれないけれど、治るのだって、早かったのではないかと思える。

初めて本気で好きになった人だった。

当時はそう思っていた。本気で。

なぜなら、彼は私に自信を持たせてくれた人だったから。

まわりの人たちからは、明るくて外向的でオープンな性格だと思われている向きがあった、にもかかわらず、私は自分の内面に、つねに劣等感のかたまりを抱えていた。子どもの頃から、そうだった。算数と体育が苦手で、遠足と運動会と自分の名前が嫌いだった。特に「妃」という漢字がいやだった。自分にはふさわしくないと思っていた。容姿にも自信がなくて、劣等感が制服を着て歩いているような少女だった。

だからなんでも人一倍、努力した。でもどんなに努力しても、テストで満点を取っても、クラスで一番の成績をおさめても、何をどうがんばっても、劣等感は消えない。

だからさらにがんばる。

がんばっても、がんばっても、どこへもたどり着けないし、いつまで経っても自分に自信が持てない。幸せになれない。幸せを感じられない。いい高校へ入っても、志望大学に合格しても。そもそも「幸せとは何か」もわかっていないのに、わからない「幸せ」を求めて、がんばり過ぎる少女。

大人になってからも、空しい習い性を引きずっていた。

そんな私に彼は「そういうところが好きだよ」と言ってくれた。「妃斗美は妃斗美のままでいいんだよ」と。彼のそばにいると、私は私でいることに自信が持てた。嫌いだった自分の名前まで好きになれた。

――いい名前だと思うよ、個性的で。妃斗美がいやでも、俺は好きだな。

――派手な感じがして嫌いなの。名前負けしてる気がして。

――そんなことないよ。ひらがなの「ひとみ」でもなく、漢字一字の「瞳」でもなく、妃斗美にはやっぱり妃斗美が似合うね。

彼に巡り会えたことで、私は、自分の好きな自分に巡り会えたのだと思っていた。

つまり、自分探しに成功したのだと。私はやっと幸せを手にしたのだと。

それなのに彼は、私と結婚すると「死んだも同然になる」と言う。

別れるしかなかった。

別れてからしばらくのあいだは、三日にあげず、体が溶けるくらい泣いた。

彼は私と別れたあと「自分を探す」ために、会社を辞めてオーストラリアへ渡った。オーストラリアのどこへ行って、何をするつもりなのか、教えてはくれなかった。もちろん連絡先も。

今はどこで、何をしているのか、その後の消息も不明だ。

もしかしたら、日本へもどってきているのだろうか。

別れた直後は、焼けつくように、彼の近況を知りたいと思っていた。「会いたい」というよりも「知りたい」という気持ちの方が強かった。

その気持ちの裏側には、自分探しに失敗したら、私のもとへもどってきてくれるかもしれない、という未練が張りついていた。未練と同じくらいに、失敗すればいい、というどす黒い思いもあった。

焼け焦げた執着に突き動かされて、彼の両親やもと上司に手紙を出してみたり、探偵よろしく昔の共通の友人にコンタクトを取ってみたりもした。

そんな自分がいやだった。

いやでいやでたまらなかった。

私の恋愛は自信の獲得で始まり、自己嫌悪とともに終わりを告げた——。

〈もう運命には頼らない！

安全確実な出会いを保証します〉

雑居ビルの屋上に掲げられた広告塔から、マッチングサイトのキャッチコピーが目に飛び込んでくる。

運命には頼らない、安全確実な出会いか。

それが今の私に必要なものなのだろうか。

小さなため息をひとつついて、私は視線を車内にもどす。

本を手にしている人は、私以外にはいない。居眠りをしているお年寄りと、胸に抱いた赤ん坊をあやしている人を除けば、ほぼ全員がスマートフォンを見つめている。

私のバッグに押し込まれているスマホの電源は、家を出るときに切ってきた。

かかってきた電話に歩きながら出たくはないし、今はなるべくスマホの利用時間を減らしたいと思っている。そうしないと、一日中、小さな四角い機械に拘束された仕事ロボットになってしまう。

ツイッターもフェイスブックもインスタグラムも、食わず嫌いはいけないと思って、ひと通り齧《かじ》ってはみたものの、すぐに放り出してしまった。ブログもほとんど読まない。

ひとりで静かにものを考えたり、本を読んだりする時間がみるみるうちに侵食されていくのを感じて、怖くなってしまったから。

ネット上にあふれ返っている汚い言葉、醜い言葉、悪口、誹謗中傷、自慢、自己主張、暴言、厚顔無恥で傍若無人な言葉たちを、私はほとんど憎んでいる。まるで油っぽいジャンクフードみたいな言葉だ。食べ過ぎると、たちまち体を壊してしまう。

もちろん、中には、はっとさせられるような素敵な言葉やメッセージもある。けれどもそれらは、あまりにもひどい言葉の中に埋もれているせいか、容易には見つけ出せない。

まったく推敲《すいこう》されていないとわかる文章が多いのも、気になる。

要は、話し言葉と書き言葉の区別がなくなり、言葉が排水みたいに垂れ流されている、ということか。

ネットやスマホに溺れそうになっていた時期を経て、私は本のよさを改めて実感するようになった。

誰がなんと言っても、私は本を愛する。

重みがあって、厚みがあって、あたたかみのある紙の本。

表紙やページの手ざわり。

真新しい紙の上に並んでいる、香り立つような活字。

何度も何度も推敲され、選び抜かれ、磨き抜かれた言葉と文章。作家と一対一で対話をするかのようにして味わう小説、エッセイ、旅行記。

しかし悲しいかな、このごろでは、電車内のみならず、待合室やカフェなどでも、紙の本を読んでいる人は、珍しい存在になってしまった。

風前の灯、あるいは前世紀の遺物となり果てそうな紙の本を携えた、三十五歳のおひとりさま。それが私だ。

成田空港へ向かって走っている電車の中には、明らかにこれから海外旅行に出かけるのだとわかる人たちや、自国にもどっていく外国人旅行者たちの姿もある。新婚カップルと思しき初々しいふたり連れも。

旅立ちを前にした高揚感のせいなのか、その人たちのまわりだけ、空気が膨らんでいるように見える。

行く人の心も、帰る人の心も、すでにここにはないのだろう。

こうして同じ車両に乗り合わせていながら、この先、すれ違うこともないはずの人々を、眺めるともなく眺めながら、私はふと、自分に問いかけてみる。

今から十年後の私が、この電車の中にいるだろうか。

たとえば、あの仲睦まじそうな中年夫婦の片割れ。

たとえば、かたわらにおとなしく座っている小学五年生くらいの息子に、何かを優しく言い聞かせている母親。

たとえば、一心にラップトップの画面を見つめている、管理職と思しきビジネスウーマン。

この中に、十年後になりたい「自分」がいるだろうか。

いない。

今の私にはそもそも、なりたい自分なんてない。かといって、今の自分に百パーセント満足しているわけでもない。

不満もないのに、満足できていない。

不幸ではないけれど、幸福でもない。

これでいいの？　今のままでいいの？　どんな自分になりたいの？

ちょっと待ってよ。これって、自分探しじゃないの。

なんだか自分に裏切られたような気がして、あわてて手もとの本に目を落とした。

最後の一段落の冒頭にもどる。

「自分探しなんて、する必要はありません」

だったら、何を探せばいいの。

迷子になったような気分で、私は文庫本のページをめくった。

成田駅まで、あと三十分ほどだ。

そこには私の生まれ育った町があり、私の帰りを待ってくれている人たちがいる。

　けれどもそこは、私の帰るべき場所ではない。

「まあ！　妃斗美ちゃん、あなた、ちょっと見ないうちに痩せたんじゃない？　ちゃんと栄養のあるものを食べてるの？　外食ばかりじゃだめよ。きちんと自分でお料理したものを食べないと、ビタミン不足になって、免疫力が落ちて、風邪も引きやすくなるし……で、今回はいつまでいられるの？　三連休だから、月曜はお休みなんでしょ。ゆっくりしていきなさいよ。仕事ばかりが人生じゃないわよ。あっ、ちょっと、早織《さおり》さん、そこのあれ、取ってくれる？　ううん、それじゃなくて、そっち。妃斗美ちゃん、煎茶でいい？　それとも紅茶？　鈴菜《すずな》ちゃんは？　よしよし、おばあちゃんが今、アイスクリーム持ってきてあげるからね。その前に妃斗美おばちゃんに『こんにちはー』しなきゃ」

　途切れることなくつづく、エレベーターミュージックさながらの母の台詞《せりふ》。

　聞き流しながら私は、バッグの中からお土産を取り出して、店の奥にある畳敷きの応接スペースに広げていく。

　取り出すたびに、赤や黄色の歓声が上がる。そこに、赤ん坊の泣き声が混じる。

　ああ、これが実家だ、と、当たり前のことを、新しい発見でもしたように思う。

「美味しいかどうかは、保証の限りじゃないけど、はい、これ」

東京駅構内の売店で買い求めてきたクッキーの詰め合わせは、家族のお茶請け用。

「まあ、なんてきれいなパッケージ！　あけるのがもったいないわね。でもせっかくだから、今からみんなで食べましょうか。へえ、どこで買ったの、知らない名前だわ。早織さん、知ってる？」

「知ってます！　リリエンベルグ、大好き……あ、おねえさん、何これ、嘘嘘、可愛い！　鈴ちゃん、ほらこれ、なんだかわかるでしょ」

アンパンマンの指人形は、弟夫婦の長女の鈴菜ちゃんのために。

五月に生まれたばかりの赤ん坊の明男《あきお》くんには、毛糸のソックス。まるでこびとのソックスみたいに可愛らしい。このソックスにも、豆粒くらいのアンパンマンが刺繍されている。

弟の奥さんの早織さんと母には、お揃いの染め物のエプロン。ピンクのものには桜の花びらが舞い、ブルーの方には紫陽花が咲いている。

「これ一応、一点ものだから」

取材先のブティックで買い求めてあった、染色家の創作エプロン。

母も早織さんも「きゃあきゃあ」言いながら、喜んでくれた。

「さっそく夕方から、これで店に出るわよ。ね、早織さんどう、似合うかしら」

「あはははは、似合ってますよ、おかあさん。馬子にも衣装ですよ」

「あらいやだ。でもあたしには、華やかなピンクの方がいいかしら。早織さんはシックなブルーの方が似合うんじゃない？」

「いいですよ。取り替えっこしても」

このふたりは、本当の母娘みたいに仲がいい。

少なくとも私の目にはそう映っている。

血のつながっている母娘ではないからこそ、仲がいいのだろうか。

都内の大学に入学すると同時に家を出てひとり暮らしを始め、卒業後もそのまま東京で暮らしている私よりも、早織さんの方が滝野《たきの》家の娘のように見える。ただそれは、早織さんと、実家のお母さんとの折り合いがよくないせいなのかもしれない。詳しい話を聞かされたわけではないけれど、ときどき、母や弟の純《じゅん》の口からぽろりと、そういう話の断片がこぼれてくることがある。

「純は？」

弟には、お土産は買ってきていない。彼の方でも、望みも期待もしていないだろう。

早織さんが答えた。

「もうじき帰ってくると思います。商店街の寄り合いがあって、お不動さまの裏まで。ついでにお参りしてくるって言ってました」

成田山新勝寺――私たちは「お不動さま」と呼んでいる――につづく表参道に面して立っている、木造三階建ての純日本家屋。

明治の創業以来、百年以上の歴史を誇るうなぎの専門店「滝野」。

ここが私の生まれ育った家だ。

一階にはテーブル席と調理場と事務所、休憩室兼応接スペースなどがあり、二階には座敷の客席があり、三階には、昔は私の部屋と弟の部屋があった。今はこの三階を、母がひとりで使っている。

弟の一家は、裏庭を通り抜けたところにある離れで暮らしている。数年前に増改築されて、新しく生まれ変わった二階建ての一軒家だ。

父は、私が大学生だったときに脳卒中で倒れて、あっけなく亡くなった。まだ五十代だった。父は店の仕事にはいっさい関わっておらず、結婚前からずっと、半導体を取り扱っている企業で働いていた。

店は母が祖父母から引き継いだもので、父はいわゆる婿養子。父の会社勤めを容認することが、父側から出されていた見合い結婚の条件だったと聞いている。

私の目には、仲のいい夫婦に見えていた。事実、そうだったのだろう。

母はつねに父を立て、父は父で母を思いやっていた。

父に死なれたときには涙に暮れていた母だったけれど、弟が大学へ行かずに「店を継ぐ」と宣言したことで、見事に立ち直った。

午後三時過ぎ。

「滝野」の店内は、つかのまの静寂に包まれている。

とはいえ、お客がいないわけではない。

店は、十一時半から夜の九時まで通しでオープンしている。お客の八割は、常連と日本人観光客で、残りの二割が外国人観光客。

三時から五時くらいまでは、お客の数が減る。アルバイトだけで店をやりくりできるこの二時間が、母と早織さんの休憩時間になっている。

私も夕方から、店の仕事を手伝うつもりだ。日ごろの親不孝の穴埋めをするために。

「あ、そうだ」

母が両手をぱちんと打ち鳴らした。

「夜はね、純ちゃんの取り計らいで、四人で外へご飯を食べに行くことになっているのよ。店は八時くらいで、あたしたちだけ先に上がらせてもらって」

「純の取り計らい……」

珍しいことが起こった。

いったいどういう風の吹き回しだろう。

「そうなのよ、久しぶりに妃斗美ちゃんがもどってくるんだから、家族四人、水入らずでゆっくり食事でもどうかって」

母の声は弾んでいる。

「おちびちゃんたちは、どうするの」

私の問いに、早織さんが笑顔を返してきた。

「近所に住んでる友だちが預かってくれるっていうか、ここに来て、見ててくれることになってます。私もときどき彼女のために子どもたちを預かってるし。今夜は心置きなく大人のお出かけです、ふふっ」

そんな段取りまでつけてくれているとは、と、私は驚いた。東京から一時間半ほど離れているだけなのに、最近の私の帰省は年にせいぜい二度か三度。だから、お客様あつかいしてくれているのか。

いや、そうではあるまい。

私の胸の中で、ある疑念が芽生えている。いやな予感がする。

もしかして、弟が計画した家族会議？

「それでどうなの、仕事の方は、あいかわらず忙しいの」

出し抜けに、母のインタビューが始まった。

「うん、まあ、それなりに」

「副編集長になったんでしょう。お給料も上がったの」

「副編集長って言っても、雑誌自体が小規模だから、やってることは今までとほとんど変わらない」

「会社の経営の方はだいじょうぶなの。今はよく雑誌社がつぶれたりするでしょ」

「うちは親会社が大きいから」

「ちゃんと貯金しておきなさいよ。体が元気なうちはひとりでもいいけど、いざ病気になったりしたら、頼れるのはお金しかないのよ」

また始まったか、と、私はうんざりしている。

いつ帰ってきても、似たり寄ったりの会話が交わされる。

このあとには決まって「いい人はいないの」という質問がつづく。

弟夫婦にふたりの子どもが生まれ、店の将来も安泰となった今、母の唯一の心配の種は、私の「結婚問題」なのだ。

いい人はいないの？　うん、なかなかね。思い切って、結婚相談所とか、そういうところに行ってみるのもいいんじゃない？　うん、そのうちね。そのうちそのうちって言ってるうちに、あっというまに四十、五十になっていくわよ。ますます条件が悪くなるわよ。わかってるの？　うん、わかってる。三十代のうちになんとかしなくちゃね。

そんな不毛なインタビューを阻止するために、

「鈴菜ちゃん、絵本、読んであげようね」

二歳になったばかりの姪っ子を膝の上にのせて、私はそのへんに散らばっていた絵本を取り上げた。

「女将《おかみ》さん、ちょっといいですか。女将さんか若女将さん、お取り込み中のところ、すみません！」

店の方から誰かの声がして、間髪を容れず、母が立ち上がった。

「はぁい、今、行きます。あっ、あなたたちは座ってて。せっかくなんだから、ゆっくりおしゃべりしてたらいいわ。鈴菜ちゃんも、いい子にしててね。おばあちゃん、またすぐもどってくるから」

私は絵本のつづきにもどり、早織さんは赤ん坊にお乳を与え始めた。

ふたり目だからだろうか、授乳の姿も板について、堂々としている。

ひとり目のときは、授乳の前に乳首の消毒までしていたし、何をするにも、もっと神経質だった。ファッションモデルみたいに華奢《きゃしゃ》だった体つきは、ひとり目を産んでから年々ふっくらとしてきて、昔の面影は薄れていくばかりだ。

「すっかり、ベテランママになったねぇ」

「いえ、まあ、この子たちにママにしてもらったというか」

早織さんと弟は、年は離れているものの、同じ高校の先輩と後輩で、バイク仲間だった。

デートはいつもツーリング。彼女は高校卒業後、千葉県内にある女子短大へもバイクで通っていたという。短大は、弟から求婚されて中退してしまった。

結婚前に、何かほかにやりたいことはなかったのか、就きたい職業はなかったのか、うなぎ屋の若女将に収まることに抵抗はなかったのか。それ以前に、弟に半ば押し切られるような格好で短大をやめてしまって、本当に後悔していないのか。

もしも彼女が私の友人だったなら、そんな話もしただろうけれど、あっというまに子どもができてしまったこともあり、何も訊かず、何も話さずじまいになっている。

とにかく今は、我が家にとってもお店にとっても「なくてはならない人」になってくれていることに、義姉としては感謝あるのみだ。

どこで習ったのか英会話も得意で、ここ数年のうちに驚くほど増えた外国人客のあしらいも、お手の物。英語と中国語のメニューも彼女が作成したという。

「さあ、おなかいっぱいになったら、次はお昼寝だね。鈴ちゃんも明くんといっしょに、お昼寝しようねー」

早織さんは、ちゃきちゃきと部屋の中を片づけ、押入れから取り出した子ども用の布団を慣れた手つきで敷いた。枕はふたつに折った座布団。

それから、幼子たちに添い寝をして、背中を撫でたり、小さな声で子守唄を歌ったり。

そうこうしているうちに、ふたりともすやすや寝息を立て始めた。

「まるで魔法にかかったみたいね」

私がそう言うと、早織さんはくしゃっと笑った。

「いつもこういうふうに、うまくいく日ばかりじゃないですけど」

首をのばして店の方を見ると、母がてきぱきと従業員に指示を与えている姿が見えた。

こうして実家にもどってくると、いつも感じることを、私は感じていた。

ここには、圧倒的な時間が流れている。

圧倒的な時間、という言い方が正しいのかどうか、私にはわからない。

言いかえればそれは、実のぎっしり詰まった時間だ。密度が濃い。

あるいは、年季の入った「たれ」みたいな時間か。

甘口の醬油のたれに、何度も何度もうなぎの蒲焼きをくぐらせる。そのたびにうなぎの旨味が染み込んでいって、まろやかな、とろりとしたたれができあがる。

そういう秘伝のたれみたいな時間。

旨味があり、滋味があり、栄養たっぷりな時間。

これが幸福というものなのだろうか。

もしもそうだとすると、幸福には、よそ者を寄せつけない、排他的な側面があるということになる。なぜなら、私だけはこの圧倒的な時間の「外」にいる。まるで、たれに混じった異物のように。

実家にもどってくると、いつも感じること。

それは、ここには私の居場所はない、ということ。

早織さんが純と結婚して子どもを産み、ここに家庭を築いた。この七年間、私にはまったくと言っていいほど、変化がない。ただ毎日、あたふたと仕事をして、年齢を重ねただけ。

取り残されている、この家から、この家族から。

もしかしたら父も、こんな疎外感を覚えていたのだろうか。

ふと、そんなことを思ってみる。

あとで、お線香をあげなくちゃ。

父の仏壇は、三階の母の部屋にある。今夜はそこが私の寝室になる。


案の定、悪い予感は、見事なまでに的中してしまった。

弟の知り合いが経営している懐石料理のお店へ行き、母と私はビール、弟は日本酒、早織さんはオレンジジュースで乾杯をし、楽しく、和気藹々《わきあいあい》と食事をしているまっさいちゅうに、弟のお節介が始まった。

「あの、オーストラリアへ行った奴からは、その後、何も言ってこないのか？　もう日本へ帰ってきてるんだろ」

弟は、七年前に私の結婚話が壊れてしまった理由を「姉貴のわがままのせい」と思っている。私がわがままで、理想が高すぎるから、婚約者に去っていかれたと思い込んでいるようなのだ。

「ああいうときにはさ、泣いたり喚《わめ》いたりしないで、いっときだけ男を自由にしておいてやれば、そのうちもどってくるはずだったんだよ。騒ぎ立てるから結局、ああいうことになったんだ」

日本酒をちびちびやりながら、弟はねちねちと姉を責める。

「今はどこにいるんだ？　まだ独身か？　知ってるんだろ」

「知らないわよ、そんなこと」

「やり直せる可能性は、ないのか」

「ないわよ、そんなもの。もう済んだことだもん。すっかり忘れてた、今の今まで」

それは嘘だった。すっかり忘れているふりをしているだけで、記憶喪失にはなっていない。

「顔も名前も思い出せないくらい」

「へえ、姉貴って、見かけによらず、薄情なところがあるんだな。婚約までしてたんだろ？　顔も思い出せないなんて、それはちょっと冷た過ぎないか」

「別れたいと言ったのは、彼の方なのよ。いつまでも覚えていなくちゃならない義理も義務もないはずよ」

　このあたりまでは、私もへらへら笑いながら、受け流していた。

「姉貴もそろそろ結婚しないと、薹《とう》が立ってくるぞ。四捨五入すれば四十だろ？　四十、五十になっても女が独身でいるなんて、それは一種の化け物だぜ」

　化け物？

　頭に角《つの》が生えてきそうになっていた。

「純ちゃん、それは言い過ぎだよ。おねえさんに対して失礼でしょ。今の時代はね、四十でも五十でも、独身で活躍してる女性は」

たくさんいるのよ、と、言いかけている早織さんの言葉を、純は遮った。

「早織は黙ってなさい。僕は姉貴のためを思って言ってるんだから。なあ、おふくろ、順風満帆な我が家の唯一の頭痛の種と言えば、それは姉貴の結婚問題をおいて、ほかにはないよな」

「そうねぇ、いつまでもひとりじゃねぇ。ねえ、早織さんのお友だちで、誰かいい人いないの？　いたら紹介してやってよ」

「馬鹿だね、早織の友だちなんて若すぎるよ。それよりも、母さんの同級生なんかどうなのさ？　最近、奥さんに死なれた人とか、いないの」

「ちょっと、やめてよ。いい加減にしてよ！」

こんなことなら最初から「食事会はまた今度ね」と言って、断っておけばよかった。適当な理由をひねり出して「ありがたく、気持ちだけいただいておく」と。

部屋にもどって、やっとひとりきりになると、少しだけ涙が出た。

でも、ほんの少しだけだ。

「大変な目に遭ったな」と、父の遺影が笑っていた。

寝酒の勢いを借りて寝た。

「あれっ、もう帰っちゃうの？　きのう来たばかりじゃないの。それにきょうは日曜でしょ。会社はお休みでしょ？　どうしてまた」

帰り支度をととのえて、一階にいた母に別れの挨拶をしに行くと、母は大げさに驚いて見せた。

「妃斗美ちゃんたら、まるで台風みたいじゃない。せっかく来たのに、どうしてゆっくりしていかないの。寂しいじゃない。親不孝よ」

母の口調は特に、私を責めているようではない。不満そうではあるけれど、それほど残念そうではない。

弟たちはまだ、離れから店に出てきていない。

去っていくなら今がチャンスだ。

「ごめんね。急ぎの仕事が入ったの。今朝早く、電話がかかってきて」

半分は本当で、残り半分は嘘だ。

ゆうべ遅く、部下に当たる編集部員から電話がかかってきたのは、事実だ。電話で解決できるような些細《ささい》なことだった。私が休暇を切り上げて東京へもどる必要など、まったくない。

けれども、もどればもどったで、仕事は山積みになっている。会社のデスクの上にも、自宅のパソコンのそばにも。その中には、緊急ではないものの、連休中に片づけておきたい仕事もある。

要するに、実家にいるくらいなら、仕事をしていた方がましだと思ったのだ。

「怒ってるの？　純ちゃんに言われたことが、そんなに気になってるの」

ストレートに、母は訊いてくる。

ああ、この人はこういう人だった、と、自分の母親なのに妙に突き放して考えている私がいる。

「そうね、気にしない人がいたら、会ってみたいかな」

別れ際に、母と言い争いたくないから、私はソフトな口調を心がける。

「あれはね、妃斗美ちゃんのことを思っているからこその言葉なのよ。心配しているからこそ、言えることよ。そこをちゃんと理解してあげないとね。お姉さんなんだから」

あっけらかんと、母はそんなことを言う。

よく言えば表裏がない、悪く言えばデリカシーがない。悪意はないのに人を傷つけてしまう。自分が他人を傷つけているという自覚もなく。

母はそういうタイプの善意の人。弟はそれに輪をかけたような人。

わかっているけれど、私はその善意に耐えられない。

――母さんの同級生なんかどうなのさ? 最近、奥さんに死なれた人とか、いないの。

思い出しただけで、胸に黒々とした感情が押し寄せてくる。

他人から言われた言葉ではなくて、血のつながった家族から言われた嫌みな言葉には、独特の悪臭が漂っている。

ゆうべの悪臭を、思い出したくもないのに思い出しながら、可能な限り怒りを抑えて、母に言葉を返した。

私もストレートに。

「純はひどいと思う。あんまりだと思ってる。許せない。いくら身内でも、言っていいことと悪いことがあるでしょ。私は私、純は純でしょ。だいたい私が結婚しようがしまいが、純には関係ないじゃない? お節介は、まっぴらごめんなの。大の大人に説教しないでって、そう言っておいて。じゃ、またね」

早口でまくし立てた。

ぐずぐずしていると、弟たちが店に出てくる。その前にさっさと消えたい。

「今度はいつ帰ってくるの」

「さあ、わからない。でもそのうち帰ってくるから、心配しないで。お母さん、体に気をつけてね。また電話するから。早織さんによろしく伝えてね」

最後は優しく締めくくって、私は開店前の店と家をあとにした。

バッグは、来たときよりも重くなっている。

三階の母の部屋の片すみに置かれている本棚に、ひっそりと収まっていた父の蔵書の中の六冊。『幼年時代』『恋文』『恋日記』『ノラや』『百鬼園写真帖』『古里を思う』——どれも、明治時代に生まれて、大正、昭和を生きた内田百閒の作品。

どの文庫にも、同じ書店のカバーが掛かっていた。深みどり色のカバーの背には、父の手書きの文字でタイトルが記されていた。本と作家に対する父の愛情が偲《しの》ばれる。

父は子ども時代、岡山で暮らしていたことがあると聞いていた。だから、同郷のこの作家の作品を愛読していたのだろうか。

なぜか、私も心を惹かれた。父が生きていたときに父と本の話をしたかった、などと思いながらまとめて抜き取って、バッグの底に忍ばせてきた。

なんだかこれだけが、今回の帰省で得られた収穫だったとさえ思える。

「じゃあね」

「気をつけてね」

母は通りに立って、手をふりながら見送ってくれた。

おそらく私の姿が見えなくなるまで、手をふりつづけていたはずだ。

それは娘への愛情というよりは、長年の習慣みたいなものだろう。

母は頭の切り替えが早い。私の姿が見えなくなったら、くるっと向き直って店の看板を見上げ「さあ、仕事だ。開店準備だ、きょうも忙しくなる」と、思っているに違いない。

帰りは、京成成田駅から上野行きのモーニングライナーに乗った。

全席指定の特急電車。

平日は通勤客でほぼ埋まっているけれど、日曜の朝なので、がらがらに空いているはず。

きっと、泣いても大丈夫なくらい空いてるだろう、と、切符の自動販売機の前に立って、私は思った。

機械から切符が出てきたとき、泣くもんか、と思った。

大切な涙をこんなことで使ってたまるか。

泣くなら、もっと大事なことで、私は泣く。

予想通り、指定された車両の乗客は、私のほかには三人だけ。ほとんど貸し切りだ。

座席に腰を下ろして、しばらくのあいだ、窓の外を流れていく山や川や田んぼ、空に浮かんでいる小さな雲を眺めていた。

空は快晴。

すっきりと晴れて、憂いのかけらもない。

ほどなく、のどかで豊かな田園風景が、ごみごみした都会の風景に塗り替えられ始めた。

私はまぶたを閉じた。

眠りたいと、思ったわけではない。

目を閉じたのはたぶん、この世界を、現実を見たくないから。

――四十、五十になっても女が独身でいるなんて、それは一種の化け物だぜ。

悪意のないはずの弟の言葉に、もしかしたら、彼は笑いを取ろうとして言っただけかもしれないのに、ひどく傷ついている自分がいる。

情けない。

世間知らずで、井の中の蛙《かわず》で、生意気で保守的な弟に、ちょっと痛いところを突かれただけで、しっぽを巻いて退散しようとしている。

ひとたび東京にもどってしまえば、四十代、五十代の独身女性なんて、そのへんにごろごろいる。珍しい存在では決してない。

早織さんの言った通りだ。

それなのに、たった一時間半離れた地方では「化け物」になってしまう。

気にしちゃだめ、田舎と都会の違いよ、と、懸命に自分に言い聞かせる。

苛立ちもするけれど、寂しくもあった。私のことを心配してくれている人、大切に思ってくれている親きょうだいによって、自分の心が傷つけられている、というこの現実。

家族って、なんなのだろう。

閉じたまぶたを通して、秋の陽射しが目に染みる。

そういえば、家の裏庭には、菊とコスモスが咲いていた。生まれ育った町と家には、確かに季節感があった。

誰かの飼い猫なのか、のら猫なのか、わからないけれど、数匹の猫が我が物顔で庭を横切っていく姿も見られた。母はうちの裏庭で、猫のためのごはんを出しているようだった。そういうところは、田舎のよさだなと思った。東京で同じようなことをすると、近所の人たちから顰蹙《ひんしゅく》を買うだろう。

澄み切った青空のもと、逃げるようにして実家を去り、これからもどっていく部屋は都心と言える場所にある。

　ＪＲ恵比寿駅と地下鉄の広尾駅のちょうどまん中くらいにある、瀟洒《しょうしゃ》なデザイナーズマンション。婚約者と別れたあと、殺伐《さつばつ》とした気持ちになりたくなくて、家賃は予算よりもかなり高かったけれど、思い切って、借りた。

　十畳くらいのワンルームに、オープンカウンター形式のキッチンと、寝室として使えるロフトがついている。

　好みの家具や小物や鉢植えを置き、切り花を絶やさず飾り、できるだけ心地よく過ごせるように、あれこれ工夫をしている。ときどき、友だちや仕事仲間や職場の同僚を招いて、手ずからの料理でもてなす。ホームパーティを気どって。

　訪ねてきた人はみんな異口同音に「おしゃれなお部屋ですね。優雅なひとり暮らしですね」と、うらやましがってくれる。

　優雅な生活を維持できるだけの仕事も、私は手にしている。

　まぶたの裏に、自分の部屋を思い浮かべてみる。

　壁には選りすぐりの絵と写真が掛けられていて、柔らかい音楽が流れていて、オフホワイトのダイニングテーブルの上には、一輪挿しの薔薇と、お気に入りのティーカップとポットが置かれている。カップからは、芳《かぐわ》しいハーブティの香りと湯気が漂っている。きれいな色合いのケーキののったお皿も見える。

それなのに、私の姿が見えない。
アンティークショップで見つけたイタリア製の椅子には、誰も座っていない。
私はいったいどこへ行ってしまったのだろう。
気がついたら、私はさっきから、自分を探してばかりいる。

第二章　夢を売る

そもそも人生は、曲がりくねった道のようなものなのです。遠まわりも寄り道も、人生においては決して無駄にはなりません。まっすぐに突き進むだけでは、見えてこないものがあります。ぐるぐる回っているうちに、見えてくることがあります。回り道をしたからこそ巡り会える人がいる。道草の途中で巡り会える幸運がある。道に迷ってしまったときにこそ、未来が見えてくることだって、あるのです。近道よりも、果てしない遠まわりのその先で、幸せはあなたを待ってくれているのです。

明るい気分でいるときには「なるほどなぁ」と納得できるのかもしれないけれど、落ち込んでいるときにはかえって、心を逆撫でされてしまいそうな人生論。

今朝、通勤電車の中で読んでいた文庫本——哲学者の著したエッセイ集に出てきた一節を思い出しながら、私は、いつ終わるとも知れない意見交換に耳を傾けている。正確に言えば、傾けているふりをしている。この迷路の先で、画期的な提案が私たちを待ってくれているのだろうか、などと思いながら。

連休明けの火曜日。朝いちばんから始まった月例ミーティング。

五日しかない週の先行きは、限りなく怪しい。

西新宿の高層ビル街の一角にそびえ立っているオフィスビル。十五階にある会議室の窓の向こうには、みんなに負けまいとして懸命に背伸びをしているように見える銀色の細長いビルと、屋上に空中庭園のある茶色いマンションと、不揃いな雑居ビルの群れ。

それらの上に、ちぎれ雲を浮かべた秋の空が広がっている。

そのあたりだけ強い風が吹いているのか、西の彼方にある大きな雲のかたまりが、みるみるうちに細切れになって流されていく。

社員たちの声も流れていく。

私の右の耳から左の耳へ。左の耳から右の耳へ。

「……だから、紙媒体にかかっている費用を思い切って削減すれば、その分だけ、全体的な売り上げの伸び悩みをカバーできるんじゃないかと思うんだけど」

「それは邪道だと思います。紙のカタログを見て買い物をしている昔からの常連のお客様を大勢、逃すことになります」

「そうかなぁ。スマホユーザーのためにサイトをもっと充実させて、過去の号にも簡単にアクセスできるようにして、今よりも簡単に買えるようにすれば、若い世代をさらに取り込めるんじゃないかな。そっちの開発の方に、もっと費用をつぎ込んでいけば」

確かに紙のカタログは年々、薄くなってきている。広告も目に見えて、減ってきている。事業提携を結んでいるデパートや小売店の方で、紙媒体のための予算を縮小する傾向にあるからだ。

反対に、電子カタログの方はデータが厚く、使い方もより複雑になってきている。

「自由に、好きなだけ買い物のできる経済力を持っているのは、若い世代じゃなくて、もう少し上の世代でしょ」

「そうね、それに、地方在住のお年寄りの方なんかは、毎月二回、届くカタログをとても楽しみにして下さっているのよね。高齢者の中には、パソコンをうまく使いこなせない人だっているわけだし」

先月のミーティングでも、似たような議論を聞かされた。

先々月も、その前も。

このところ、会議の後半には決まってこの話題が出る。

「たとえば、今のような雑誌形式のカタログじゃなくて、思い切って薄めの小冊子か、いっそパンフレットみたいにしてしまって、そこには目玉商品だけを載せて、あとはパソコンやスマホでのアクセス方法をわかりやすく解説するとか」

「賛成です。第一いまどき、カタログショッピングなんて、時代遅れなんじゃ……」

「そんなことないですよ。うちのカタログはね、品物を買うためだけのものじゃないんですから。一枚一枚きれいなページをめくって、目で見て味わって、うっとりできるように作ってあるんです。私たちは『夢』を売っているんです。編集者として、そのことを忘れたくないと思います」

夢か。

売っているのは、売ろうとしているのは、夢なのか。

この洋服を着たら、どんな自分になれるの？　この家具は私の部屋に、幸運を運んできてくれる？　このシューズは私を、どんな場所へ連れていってくれるの？

買うかどうかは別として、読者はまず夢の世界で心を遊ばせる。遊んでいるうちに買いたくなる。夢を手にしたくなる。つまり、そういうことか。

窓の外を流れていくちぎれ雲を眺めながら、私は確認するように思っている。

夢とは、あの雲のように流され、刻一刻と形が変わっていくものではないのか。

「夢」に「人」が寄り添うと「儚《はかな》い」か。

つまり私たちが売ろうとしているのは、儚いものなのか。

「そうね、作り手であるわれわれがまずその『夢』を信じなくちゃだめよね」

「信じる者は救われる」

編集長のジョークに、張り詰めていた場の空気がゆるんだ。

私の右隣には編集長が、左隣にはアートディレクションを担当しているフリーランスのデザイナーが、斜め横と目の前には、正社員の編集スタッフが六人――男性がふたり、女性が四人――顔を揃えている。

毎月二回、一日と十五日に発行しているショッピング情報誌「ドリームカタログ」――通称「ドリカタ」の編集会議。

「ドリカタ」は、いわば、雑誌とカタログを合体させたような媒体で、最初の二、三十ページは純粋な雑誌として楽しめる。そのうしろに、商品のカタログがくっついていて、ネットや巻末の葉書から、注文できるようになっている。

ミーティングの開始からほぼ一時間半が経過し、その間《かん》に、十二月の二号分の特集ページのテーマが固まり、表紙や目次のイメージもまとまり、編集スタッフのそれぞれの業務分担や担当ページなども決まった。

ここまではよかった。

それぞれが持ち寄った具体的なアイディアや資料をもとにして、実りのある話し合いがおこなわれ、白紙だった地図に道路が通り、家が建ち、お店が開店し、ひとつの町ができあがったという感があった。

その後、販売部から事前に編集長に提出されていた報告書や、売り上げの推移を示すグラフなどの記された書類の束がテーブルの上を行き交う中「そろそろ紙媒体を廃刊にし、電子カタログ一本で勝負するべきではないか」という意見と「紙のカタログを愛好する人たちがいる限り、廃刊にするべきではない」という意見が出て、いつもの堂々巡りが始まったのだった。

ふたりの男性スタッフのうち、若い方は紙媒体廃止派。もうひとりは中庸派。

女性四人は全員、紙媒体継続派。

既婚者は中庸派の男性だけ。女性はデザイナーを含めて全員シングルだ。うちひとりは離婚経験者で、ひとりは未婚のシングルマザー。

「……ですから当面のあいだは、紙媒体、電子媒体の二本立てで、進めていくしかないと思うんですね。書店で本を実際に手に取って、自分の目で内容を確かめてから買うのが好きな人もいれば、ネット書店にアクセスして、指一本で簡単に買うのが好きな人もいます。パソコンの画面が好きな人もいれば、スマホが好きな人も。それと同じように、紙のカタログのページをめくりながら商品を見たいという人もいれば、スマホでぱっぱっぱっと見て買いたいという人もいます。今は消費者の買い物のスタイルも多様化しています。ですから、うちのカタログもそれに対応するべく、さまざまなスタイルを提供していくべきではないかと……」

巡り巡って、当面のあいだは二本立てで、という妥協路線に落ち着く。

そこに落ち着くまでの長い道のり。会議というのは、五分で終わることを五十分かけて話し合うということなのかと、私は半ば辟易《へきえき》している。

紙のカタログは、黄昏時《たそがれどき》を迎えている。そんなことは百も承知している。私だけじゃなくて、ここにいるみんなが。本や雑誌や新聞と同じだ。私だって、新聞はネットで読んでいる。いったんネットで読み始めると、かさばる新聞、溜まっていく新聞に、あともどりはできない。かつては電車の中で文庫本や週刊誌や新聞を読んでいた人たちが、今はスマートフォンとにらめっこする世の中になっている。情報は、図書館まで出向かなくても、いとも簡単に手にできる。

レコードのように、カセットテープのように、カメラのフィルムのように、ファックスのように、本をはじめとする印刷物もそのうち、アンティークショップのかたすみで埃《ほこり》をかぶっている、ノスタルジックな存在になってしまうのだろうか。

でも、そうなるまでは誠心誠意がんばって、創りつづけていくしかないではないか。

時代は目まぐるしく変化している。いったん変化した時代は、逆もどりはしない。嘆いたって、なつかしがったって、仕方がない。

「さまざまなスタイルって言うけど、紙と電子以外にも何かあるの」

中庸派の彼に、編集長がやんわりと斬り込みを入れた。

「はい、いえ、それはあの、僕もこれからいろいろ考えたいと思っています」

「まさか、テレフォンショッピングだなんて、言わないでよね」

女性スタッフの横やりに、みんなが笑った。

これで会議も終了かと思いきや、別の女性社員が手を挙げた。

「確かにドリカタも、さらに画期的なスタイルを模索しないといけないなと思っています。夏休みにアメリカへ行かせていただきましたが、アメリカ国内線の飛行機に乗ったとき、まだ幼稚園へも行っていないように見える小さな子が、ラップトップやｉＰａｄで絵本を読んだり、言葉の学習をしたりしているのを目の当たりにして、時代はここまで進んできてるんだなって実感したんです。あの子たちが大人になったとき、かさばる紙の雑誌や重たい紙の本を買うでしょうか。紙媒体に頼る時代は、もう終わっているのかもしれません。アメリカでは親たちも全員、電子書籍でした」

紙媒体継続派だったはずの彼女の発言に、会議室の空気は水を打ったようになった。

壁の時計は十一時過ぎを指している。さっきから、手もとのスマホを操作して、急ぎの連絡が入っていないかどうか、チェックしている人もちらほら。

編集長の目配せを受けて、司会を務めていた女性社員がすかさずまとめにかかった。

「ドリカタの画期的なスタイル。これは全員の宿題にするとして、残念ながらそろそろ時間ですので、副編集長から最後にひとこと」

いきなり発言を求められて、一瞬どぎまぎした。

が、それは一瞬のことに過ぎない。

焦りなどおくびにも出さず、にっこり笑って立ち上がると、私は全員の顔を見まわした。

「はい。十二月号といえば、猫も杓子もクリスマスです。でも、だからこそ、さっきの話し合いでまとまった通り、他誌とは大きな違いを出しましょう。『ドリカタ』のクリスマスは、やっぱりほかとは違う。絶対に素敵。そう実感していただきましょう。そのためには、独身女性のためのクリスマスをエレガントに演出すること。家族よりも夫婦よりも恋人同士よりもロマンティックなクリスマスイブ。うちの愛読者は、都市・地方、年齢を問わず、トップはシングルの女性だってことをお忘れなく。合言葉は、ひとりでもあたたかい、とびきりおしゃれなハッピーホリデイ。それではみなさん、今週も力を合わせてがんばりましょう！」

ぱちぱちぱちと、軽快な拍手が起こった。

五十代で独身の編集長は、大げさなスタンディングオベーション。女性社員のひとりは、口笛まで吹いてくれた。

照れくさいけれど、うれしい。みんなの気持ちがひとつにまとまっているんだな、とわかる。仕事っていいな、チームワークっていいな、この仕事が大好き。心の底からそう思える瞬間だ。「私の人生、なかなかうまくいってるじゃないの」と、今この瞬間だけは確信できる。

会議室をあとにした私の頭の中はすでに、きょうの午後に出かける予定の同行取材のことでいっぱいになっている。気分は水を得た魚。

新卒でこの会社に就職してかれこれ十三年あまり、ファッション雑誌を皮切りに、女性誌の編集部を転々としながら、編集のキャリアを積み重ねてきた。

駆け出しの頃から、デスクワークよりも、現場に出ていって取材やインタビューをするのが好きで得意だった。「フットワークの軽い滝野さん」「行動力の滝野さん」と言われ、重宝されてきた。

「ドリカタ」編集部に異動になり、副編集長に昇格した今も、その評価は変わらない。副編になったのだから、もう少し社内に腰を落ち着けて、部の全体像を見なくては、と、自戒をこめて思うことはあるものの、一日中、社内にいると、心身ともに煮詰まってしまう。

取材の現場からは、学ぶべきことが多い。雑誌の読者が何を求め、何を知りたがり、何を手にしたがっているのか。読者はどんな夢を買いたがっているのか。会社の外に出て、自分の目で見て、耳で聞いてこそ、わかるというもの。

「あの、滝野さん、ちょっと話を聞いてもらえますか？　お時間のあるときでいいです」

パソコンのキーボードから顔を上げてふり向くと、四人の女性スタッフのひとり、村《むら》上文香《かみふみか》が立っていた。

彼女はついこのあいだ、三十歳になったばかりだ。二年ほど前に、大手デパートから転職してきた。もとバイヤーだっただけに、商品知識が豊富で、新製品に対するアンテナもぴんぴん立っている。編集部にはもうひとり、村上さんがいるので、彼女は「文香ちゃん」と呼ばれている。

「どんな話？　もしかして、文香ちゃんの恋愛相談？　あいにく午後からはずっと外なの。今はちょっと手が離せない。あしたの午前中は本社で早朝会議。あ、そうだ、だったらいっしょにランチに行こうか」

「はい！　ぜひ。うれしいです。恋愛じゃなくて、仕事相談です。ついでに金魚もくっついてきますけど、かまいませんか」

「いいわよ。じゃあ、三十分後にロビーで待ち合わせようか。お店は私が決めておく。

ところで、その仕事相談っていうのは、三人でもいいのね」

「はいっ、もちろんです。金魚も関係者ですので」

ストレートのロングヘアを翻《ひるがえ》して、彼女が去っていったあとには、弾んだ声の余韻と、シトラス系のシャンプーかコロンの残り香が漂っていた。

初々しい二十代の名残り、かつては私も所有していた若さの気配を吸い込みながら、パソコンを操作し、目の前の業務をてきぱきと片づけた。

社員の話や悩みや愚痴を聞いたり、相談に乗ったりするのは、副編集長の仕事の一部だと認識している。そして、普段はあまりこういうことができていないと、反省もしている。だから、ランチに誘った。

お店はどこにしようかなと思案しながら、なんとはなしに、オフィスのかたすみに設けられている荷造りコーナーの方へ視線をのばす。

発送物の荷造りをしたり、荷を解いたり、届いた郵便物を仕分けしたりするための小部屋は全面ガラス張りになっていて、その中できびきびと仕事をしている背高のっぽの男の子の姿が見えている。

村山文香の「金魚」の名は、武藤優輝《むとうゆうき》。

なぜ金魚なのかは、よくわからない。いつも文香に、金魚の糞みたいにくっついているからだろうか。

社内では「ムトくん」で通っている。

歳は二十九、と聞いているから「男の子」なんて言い方は、失礼なのかもしれない。けれども、見た目も雰囲気も男の子としか言いようがない。「男性」でも「男」でもない、村上文香の幼なじみであり、大学の同窓生でもある男の子。先々月だったか、彼女が連れてきた。パソコン入力、各種データ管理、電話応対、校閲の手伝い、使い走り、力仕事なども含めて、編集部内の雑用を一手に引き受けていたアルバイトの大学生が辞めてしまい、その後任者を探していたのだった。

採用面接は、私がした。

採用することに決めたのも、この私。

それまで働いていた中堅どころの貿易会社を、なんらかの事情があって退職したあとは、アルバイトで食いつないでいる、ということだった。何かほかに目指している職業――たとえばミュージシャンとか、劇団の俳優とか、小説家とか、イラストレーターとか――がありそうな気もしたけれど、私の方から突っ込んだ質問はしなかったし、本人も語らなかったし、文香も「さあ、知りません」と言っていた。

第一印象は「まじめで、気立てがよくて、明るくて素直で、本当にいい奴なんです」という文香の言葉通りの人。実際に面接してみると、名前の示す通り「優しい男の子なんだな」と実感した。相手への気づかい、思いやり、優しさのオーラみたいなものが全身からふんわりと染み出している、とでも言えばいいのか。

若いのに相当な苦労をしたのか、あるいは逆に、なんの苦労も知らずに育ったのか、どちらかだなと勝手に推察した。

彼の苦労についても文香は「さあ、私は何も知りません」と言っていたっけ。「もしかして、あなたたち、恋人同士なの」という質問に対する答えは「きゃーやめて下さい。そんなんじゃありません！」だった。

とはいえ、ふたりはとても仲がいい。ランチタイムになると、ムトくんは文香のうしろにくっつくようにしてオフィスから出ていく。そう、まさに金魚の糞のように。

ふたりがいっしょにいるところを目にすると、なぜか心がほわっとする。私だけじゃなくて、社員全員がそう感じているに違いない。なんというか、微笑ましい感じなのだ。

「さっそくなんですけど、ご相談に移ってもいいですか」

近くのファッションビルの地下にある魚料理専門の定食屋に入って、注文を済ませるなり、文香は切り出した。

隣には、長身のムトくんが背中を丸めて座っている。お地蔵さんみたいな穏やかな笑顔。ああ、見ているだけで、ほっこりする。

文香はちょっとだけ、とんがった口調になっている。

「単刀直入に言うと、カメラマンの鈴木《すずき》さんのことなんです」

「鈴木さん」

胸の奥がかすかに疼《うず》いた。でもそれはかすかな「ちくっ」であって、決して「どきん」とか「ずきん」とかではない。

鈴木拓哉《たくや》。通称「スズタク」。

私と彼は同い年で、ほとんど同じ時期からドリカタで働き始めたこともあって、同級生みたいに気安く「滝ちゃん」「拓さん」と、呼び合っている。

一度だけ、誘われて、飲みに行ったことがある。仕事でつまらないミスをして落ち込んでいた私を、拓さんが慰めようとしてくれた。私はそれに甘えて、ふたりきりで遅くまで飲んだ。

その夜、それまで親しい人にもほとんど話してこなかった、婚約破棄のいきさつについて、つい話してしまった。

――滝ちゃんをふった男がいたなんてな。

――意外？

――うん、意外だ。馬鹿な奴だね、そいつ。逃した魚の大きさに、今ごろ気づいて、地団駄を踏んでるんじゃない？

――そうかな。嘘でもそう言われるとうれしいけど。

――嘘じゃないよ、本気だよ。

――本気で言われても……。

――うれしい？

――私のこと、そんなに、かわいそうって思ってくれたんだ。

――同情じゃないったら。

そんな会話の途中で、甘やかなアクシデントが起こった。どちらが起こしたとも言えない。まさに「起こった」としか言いようがない。朝になったらあっさり忘れた方がいいに決まっている、それなのになぜか忘れがたくもあった出来事。甘くてほろ苦い人生の一ページ、あるいは余白。でもそれは遠い昔のこと。かすり傷さえついていない。ちくっとしたのは、気のせいだったのかもしれない――。

ポーカーフェイスで、私は文香に訊いた。

「鈴木さんが、どうかしたの」

カメラマンとしての彼の腕は確かだし、信頼に値する。私もときどきいっしょに仕事をしている。つい最近も、気難しいことで知られる著名人のインタビュー写真の依頼をしたばかりだ。上がってきた写真は、どこからどう見ても非の打ち所がない、完璧な仕上がりだった。

「はい、はっきり言って、困ってるんです」

「困ってるって……」

文香の話によると、このところ、各方面から拓さんに対するクレームが相次いでいるという。

意外だった。

「スタジオ関係者、ヘアメイク、スタイリスト、編集部内でも、私だけじゃなくて、困ってる人は複数いると思いますよ。デザイナーもね。大御所だから、みんな黙って耐えているだけで。あと、モデルさんや読者モデルの人だって。そうそう、このあいだは、お店の方からも、以後あのカメラマンが来るなら取材はお断りだって言われちゃいました。ムトくんもしょっちゅう、苦情の電話に出たり、お詫びの電話をしたり。ね、そうだよね」

ムトくんは黙ってうなずいた。

「へえ、そうなの。知らなかったわ、全然」

「私、鈴木さんと組んでる回数、いちばん多いですから。このごろではほぼ彼の専属ライターにされちゃってますし」

「どこがいけないのかしら？　写真を見る限り、いい仕事をしてると思ってたけど」

「そこなんです」

文香は私の方へ身を乗り出してきた。

「写真のできは、すごくいいんです。でもその過程に問題が。まず、要求が厳しいというか、激しいというか。要は、完璧主義が度を超していて、まわりがついていけないんです。要求が厳しいから当然、時間がかかりますよね。時間オーバーになると、モデルにもお店にも迷惑がかかるし、スタジオ撮影だと延長料金がかかるし、ヘアメイク、スタイリストも、次の仕事に影響が出たりして……」

「なるほど、それは困るわね。だからといって、急いで撮ってくれ、なんて、口が裂けても言えないものね。で、編集者が内心あせっていると、敏感で繊細なモデルさんの場合には、その不安が伝染して、緊張してしまい、表情も固まってしまったりして、いい写真が撮れない。すると、鈴木さんもますます要求が厳しくなって」

「そういうことなんです。悪循環なんです。確かに、写真のできあがりは素晴らしいのかもしれない。だから誰も文句を言えなくて。だけど、我慢にも限度というものが。スタジオの場合には、延長料金を払えばなんとかできますけど、ロケのときには、先方さんとの時間調整が本当に大変で。最悪の場合には、別の日に撮り直し。でもその日、スタッフ全員の都合を合わせるのがまたまた大変なんです。写真の上がりが締め切りを過ぎちゃうと、デザイナーもライターも徹夜仕事。だからと言って、鈴木さんを外すとなると……会社としての義理もあるでしょうし、かわりの人も探さなきゃいけませんし」

「わかりました。私から鈴木さんに一度、話をしてみます」

「ほんとですか！　ぜひ！　滝野さんが話して下さったら、本人も素直に納得してくれると思うんです！　ありがとうございます！　よかったー思い切って相談してよかった」

「素直に納得してくれるかどうか、保証の限りではないけど、がんばってみるわ」

「お願いします。こんなことを頼めるのは滝野さんしかいません。私がそんなこと言ったら、この素人が何を言うかって、ぶっ飛ばされちゃいます。いきなり編集長から言ってもらうと、角が立つような気もしますし」

「ただ、そんなにすぐにはできないかもしれない。ごめんね。私の都合と鈴木さんの都合を合わせるのは、けっこう難しいと思うから」

そこへ、三人の頼んでいた料理が運ばれてきた。

文香と私はさんまの塩焼き定食。

ムトくんは魚介の天ぷらの盛り合わせ定食。

食べ始めてほどなく、彼がふと、忘れ物を思い出したかのように言った。

「さっきのあれなんですけど、僕、それはちょっと違うんじゃないかと思うんです」

私と文香はほぼ同時に「は？」「へ？」と応えて、動かしていた箸を止めた。

「どういうこと？　鈴木さんのこと？　わかんない。何が違うの」

文香がムトくんの横顔に向かって言葉を投げつけた。

彼は静かに箸を置くと、お茶をひと口だけ飲んでから、まっすぐに私の方を見て口を開いた。いつもと同じ、おっとりとした、温和な口調だった。

「あの、生意気なことを言っていたら、すみません。でも、僕、鈴木さんの思ってることっていうか、目指しているものが理解できるというか、どうしてそうなるのか、なんとなくわかるような気がするんです。それは鈴木さんが……」

文香がつづきを遮った。

「ちょっと待ちなさいよ！」

頭から湯気を出している。味方だと思っていたムトくんに、裏切られたような気持ちになっているのだろう。

「あ、僕はただ、鈴木さんのやり方は間違っていると、一概には言えないような」

「へーっ！　なんで、部外者の金魚にそんなことがわかるわけー」

関係者のはずだったムトくんが「部外者」にされてしまっている。

私は文香をなだめた。

「まあまあ、文香ちゃん、ムトくんの意見も聞いてみようよ。問題に巻き込まれている人、渦中にいる人には見えないことでも、外から見たらわかるってこともあると思うよ」

それは心からの発言だった。同時に、彼に対する好奇心に裏打ちされた言葉でもあった。今まで「優しくておとなしい子」でしかなかった彼の存在感が一気に増したと感じていた。

「ムトくん、ぜひ、そのつづきを聞かせて。ね、いっしょに聞こう」

文香はしぶしぶうなずいた。

私は箸を取って、さんまの身をほぐしにかかった。その方が彼も話しやすいだろうと思った。釣られて、文香も食事のつづきにもどった。

彼は、繊細そうな骨ばった指で箸を取り、しかし料理には手をつけないまま、訥々《とつとつ》と語った。私はそのとき初めて「左利きなんだ、この子」と気づいた。

「写真家に限らず、アーティストなら誰だって、わがままになると思うし、自己中心的になると思うし、なって当然だと思うし、なれないと嘘だと思うし、自分がいちばん偉いんだって、たぶんそう思ってると思うんです。そういうふうに思うことのできる人じゃないと成功できないっていうのかな。本物じゃないっていうのかな。だから、鈴木さんの態度っていうか、時間なんて気にしないというか、そんなもの無視、というやり方は、僕にとってはむしろ、うらやましいっていうか、なんていうのかな、偉いなぁって思えて。それに、芸術家って、できあがったものがすべてじゃないですか。関係ないんですよ、人にどう思われようが、迷惑かけようが。意見、終わりです。生意気だってわかってるし、間違っているかもしれないけど、ただ、僕が思ったことです。聞き流しておいて下さい。すみません」

「謝る必要なんてない。ありがとう」

私はとっさにそう返していた。

柔らかい柔らかいと思っていたものの中に、思いがけず硬い芯を発見した。いい意味で、驚かされていた。感動したと言ってもいいか。なんだか、彼の体がそれまでよりもひとまわり大きく見えた。人は見かけによらないものだと、改めて思い知らされたようでもあった。もしかしたら、この、風になびく草みたいな、のほほーんとした男の子の中身には、気骨や信念や根性がぎっしり詰まっているのだろうか。

文香は不満そうだった。

「あのね、世間知らずな金魚には、なんにもわかってないの。そういうのは、机上の空論。それに私は、鈴木さんの写真の芸術性を問題にしてるわけじゃない。現実に、困ったり、いやな思いをしたりしてる人がいるんだもの。彼のせいでチームワークが乱されているわけでしょ。写真家である前に、まず社会人であるべきじゃないかって言いたいの。芸術至上主義なんて、実社会では通用しないよ」

文香にまくしたてられて、彼は引き気味になっている。

「ごめん。僕の言葉が過ぎたかも。芸術至上主義ってほどのことでもなくて、たとえ時間オーバーになったとしても、とことんいい写真を撮ろうとするのが芸術家じゃないのかなぁって、ただそれだけのことなんだけど」

「だからそれが、芸術至上主義ってことじゃない？　うちの雑誌は、喜んで下さる読者のみなさまがいてくれてこそ成り立っているの。カメラマンが芸術を追求するのは、個展とか、アート系の媒体とかでやってもらいたいの」

彼はそれ以上、反論はしなかった。

「ふん。気に入らない。アルバイトの分際で、偉そうなこと言って……」

まだぶすぶす燻《くすぶ》っている文香を、私は優しく制した。

「とりあえず、機会を作って鈴木さんと話してみるから、安心して。鈴木さんの方にも何か個人的な問題があったりするのかもしれないし。写真家として、壁みたいなものにぶつかっているとか、そういうことかもしれない。昔から、時間にはけっこうきちんとしていた人だったのよ」

そのあとは他愛ない世間話を重ねて、ランチタイムが和やかに終わりかけた頃、私のスマホが震えた。

「ごめんね。これ、出た方がよさそう」

支払いを文香に頼んで、あわてて店の外に飛び出して、電話に出た。

地面を見つめたり、空を見上げたりしながら、話を聞き、相槌を打ち、ため息をつきながらも、冷静さを保つ努力をした。

電話を終えるのとほぼ同時に、

「滝野さん、お茶する時間、ありますか」

店から出てきた文香が言った。

私は、文香とムトくんの両方に向かって言った。

「残念だけど、緊急事態発生」

電話は、きょうの午後の取材を担当しているフリーライターからのもので、子どもが高熱を出してしまい、これから保育園へ迎えに行って、その足で病院へ連れていかなくてはならなくなったので、取材はすべて、私とフォトグラファーでなんとかしてもらえないだろうか、という内容だった。

確かにそうするしかないだろう。

午後の取材は三件。

十一月十五日号のカラーグラビアページ「下町を上品に食べ歩く」。谷中《やなか》と根津《ねづ》と入谷《いりや》にある三軒のお店と、写真家と、読者モデルの都合を合わせるのは大変だったはずだ。日時を変更するよりも、取材を決行するべきだ。締め切りだって、ずらせない。つまり私は、編集者とライターの両方をこなさないといけない。

フォトグラファーの事務所に電話して、可能だったら、事務所からアシスタントを寄越してもらおうか。無理だろうな。私がやるしかないだろう。

頭の中でぱたぱたと段取りを思い浮かべる。

アポイントメントの再確認の連絡は、済ませてあるのだろうか。とにかく、関係者全員にメールを送っておかなくちゃ。うっ、もう、こんな時間だ。

そのとき私は頭のかたすみで、つい、思ってはいけないことを思っていた。

同じ働く女性として、思ってはいけないこと。

これだから、子どものいる人は――

このつづきは、思ってはいけない。もちろん、言ってもいけない。

それを言うと、私たちの先輩に当たる女性たちが苦労して築いてきたものを、ぶち壊してしまうことになる。

「じゃあ、私はお先に失礼するね。あなたたちはどこかでお茶でも飲めば」

それだけを言うと、私は社屋に向かって駆け出した。


実り多き、楽しき取材ではあった。

若い女性写真家とは今回が初仕事だったけれど、安心して任せていることができた。撮影中はもちろんのこと、始まる前も終わってからも、取材先の人たちや私たちに対しても、こまやかな心づかいや気配りのできる人。

撮影現場は終始、和気藹々とした空気に包まれていた。

一軒目は、谷中にある昔なつかしい佇《たたず》まいの喫茶店。カフェではなくて、喫茶店。マスターは「純喫茶です」と言っていた。地元の猫好きな人のたまり場にもなっていて、店内には猫グッズがあふれていた。壁のすみっこには「猫でます」と書かれた貼り紙。その下にはぽっかりと穴があいていて、そこから、経営者夫婦の飼っている三匹の猫たちが出たり入ったり。無理やり猫を集めたという感の否めない、いわゆる猫カフェではない。お店の住人である猫たちは自由自在に、気ままにふるまっていて、動物はなんでも好きだけれど、猫だけに特別な思い入れがあるわけではない私にも〈ここは愉快な場所〉だと思えた。フォトグラファーが大の猫好きだったこともあって、難しいと言われている猫たちの写真もうまく撮れた。

二軒目は、すぐ近くの根津にある手打ちパスタのお店。

夕食にはまだ早い時間だったものの、店主からすすめられるままに、パスタを試食してみた。どうやったらこんなにもちもちしたパスタができるのか、まさに絶品としか言いようのない食感。野菜の持ち味を生かしたシンプルなソース。おなかは空いていないのに、口と舌が喜んで食べてしまった。私の思いついた〈イタリアを超える味〉というキャッチフレーズは、決してオーバーではないと思った。

三軒目は、入谷にあるオーガニックのパン屋さん。

パスタでおなかがいっぱいだったにもかかわらず、焼き立てのパンの味見をさせてもらった。バターと卵を使わないで、ここまでリッチなパンが作れるとは驚きだった。手作りのハーブティも素晴らしくて〈カモミールは黄金の香り〉と、小見出し用にメモをした。

すべての取材が終わったのは、七時過ぎだったか。

「お疲れさまでした」

「こちらこそ、滝野さんのおかげで、とっても気持ち好く仕事ができました」

「ありがとう。じゃあ、写真データの送信、待ってますね」

それぞれに別の約束があるという写真家たちと別れたあと、思わずその場にしゃがみこんでしまいそうになるほど、くたびれ果てていた。現場では気が張り詰めていたせいか、疲れは感じていなかったのだけれど。

コーディネーター、インタビュアー、撮影助手。同時に三役をこなしたのだから、当然のことかもしれない。しかし、体力が落ちたんだなと痛感した。二十代の頃は、ふた晩つづけて徹夜したって平気なくらいだったのに、たった半日の取材で、こんなによれよれになってしまうなんて。

生理が近いせいだろうか、おなかの下の方に、鈍痛にも似た圧迫感がある。胸は岩の塊みたいに張っている。

オフィスにもどれば、仕事はいくらでもある。

でも今夜は帰ろうと思った。

編集部に電話をかけて「直帰します」と告げ、足を引きずるようにして、浅草駅へ向かって歩き始めた。秋の陽はつるべ落としとはよく言ったもので、ついさっきまではまだ仄《ほの》かに明るかった路上にも、街角にも、電信柱にも、闇が立ち込めている。

東京メトロ銀座線に乗って、銀座で日比谷線に乗り換えればいい。小一時間もあれば部屋にもどれるだろう。

そう思って歩き始めたものの、歩けども歩けども、浅草の町が見えてこない。

ぼろ雑巾のように疲れているときに限って、こういうことが起こる。

グーグルマップを見ながら歩いていたのに、どこかで一カ所、事故か何かで通行止めになっている交差点があって、迂回したときに方向を間違ってしまったらしい。

昭和通りか国際通りまで出れば、銀座線か日比谷線、どちらかの駅にたどり着けるはずだ。いっそ大通りに出てタクシーを拾うか。そうだ、こんな日は自分を労《いた》わって、車で帰ればいい。

そうは問屋が卸さなかった。

さっきからぐるぐる、同じところばかりを回っているような錯覚に陥っている。

細い路地に区切られた住宅街。行き止まりや一方通行が多いせいか、流しのタクシーなど一台も走ってこない。誰かに道をたずねたくても、あたりは不気味に静まり返って、店もなければ人の気配もない。目につくのは、ブロック塀と、どの部屋も真っ暗なアパートと、自動販売機と駐車場。今、自分がどこにいるのかもわからない。足は二本の棒切れのように硬くなっている。

折れそうだ、心が。

まだじゅうぶん使えるような物々、電化製品や台所用品や小物類や置物などが山のように積み上げられているごみ置き場のそばを通り過ぎながら「私の仕事は、夢を売っているように見えて、その実、ごみになるようなものを売っているだけではないのか」などと思ってしまう。

突然、何もかもが虚しくなってくる。

きょうの取材だって、雑誌が出てしばらくすれば、雑誌自体がごみになる。おすすめの商品だって、気に入ってもらえなかったら、役に立たないがらくたに早変わり。

吸い込まれるような虚無感。まるで、私自身が、巨大な掃除機に吸い込まれていく大型ごみそのものみたいに思える。

情けない。情けなくてたまらなくて、泣きたくなる。

泣きたいような気分になっているときには、ネガティブなことばかり考えてしまう。いつもの悪い癖だ。なんでも悪いように、悪いように、考えてしまう。

急いで帰ったって、待ってくれている人もいない。

三軒目のお店で、調子に乗って買い込んだジャムやマーマレードやオーガニックマヨネーズの入った紙袋が重い。二軒目でお土産にいただいた生パスタも入っている。ひとりでは食べ切れないほど買ってしまったパンも重い。

もしも、部屋に、いっしょにごはんを食べてくれる人がいたら。

ねえ、きょうはこんなことがあったのよ、と、話せる人がいたら。

恋人が欲しいの?

夫がいればいいのに、とでも思っているの?

思っていない。全然、思っていない。恋愛も結婚もしたくないし、子どもも欲しくない。「人」は欲しくない。欲しいのは「人」じゃない。私を幸せにしてくれるのは「人」じゃない。これは、七年前、婚約を破棄して自分探しに出かけた彼が私に残してくれた、大事な教訓でもある。

だけど、今のままでは寂しいと、思っている私がいる。

仕事から、くたくたに疲れて家にもどってきたとき、私を迎えてくれる「何か」が欲しい。きれいなもの、可愛いもの、美味しいもの。夢カタログで買える夢の品。そんなちまちましたものではなくて、もっと大きなもの、どっしりとしたもの、私をしっかりと守ってくれるようなもの。

それがなんなのか、皆目、見当もつかないけれど、とにかくもっと私を安心させてくれ、安定させてくれるようなもの。すっぽりと包み込んでくれる何か。広くてあたたかい空間。あるいは私を収めてくれる頑丈な器。ひとり暮らしでも大丈夫と思わせてくれるような、心強い存在。「幸福の砦」と、呼べるような何か。

それはあくまでも「何か」であって、「人」ではない。

薄暗い通りの向こうに、大通りが見えてきた。

びゅんびゅん音をさせて、行き交う車やバス。煌々《こうこう》と灯《とも》っているネオンサインやビルの窓の明かり。

ああ、やっとこの迷路から抜け出せる。

そう思って気を取り直したとき、ふいに私の足が止まった。

足が止まったのが先だったのか、目が先に看板をとらえていたのか。おそらく、目には見えないなんらかの力が働いて、私は立ち止まった。

迷路の出口。

そこにあったのは、うらぶれた不動産屋の入り口だった。

第三章　大きな買い物

空っぽの器
まっ白な壁
一語も書かれていないノート
一行も書かれていない小説
写真も絵も入っていない額縁
まだ誰も住んでいない新しい家
空っぽであるということ

まっ白であるということ
そこに何もないということは
すべてがそこにあるということ
そんなことを考えながら
きょうも文字を書いては消し
消しては書く

何気なく、紙の栞《しおり》の挟まれたページをあけると、こんな詩が目に飛び込んできた。タイトルは「空っぽ」。文庫本より少しだけ小さめの、正方形の「ポケット詩集シリーズ」。第三巻のタイトルは『幸福のかたち』という。全ページ、一見開きに一編の詩が載っている。有名な詩人の作品もあれば、いかにも投稿詩と思えるようなものも交じっている。

贅沢に残された余白に、イラストの類いは添えられていない。モノトーンでまとめられた、地味だけれど洗練された、大人っぽい装幀。高校生の女の子が背伸びをして、鞄に入れて持ち歩きたくなるのもうなずける。なつかしいなぁ。夢見る乙女だった私、こんなの読んでたんだ。ぱらぱらとページをめくって活字を拾いながら、思わず知らず目を細めていた。遠い過去からタイムマシンに乗って現れた、昔の私に出くわしたようだった。いやいやながら習いつづけていたピアノの『乙女の祈り』が聞こえてきそうだ。

高校時代、仲のよかった同級生から、誕生日プレゼントとして贈ってもらったことをきっかけにして、このシリーズに夢中になった。この一冊『幸福のかたち』も、自分のおこづかいで買い求めた。

そこまではっきり覚えているものの、この「空っぽ」という詩は、今、初めて読んだような気がする。つまり何も覚えていなかった。それでも、ここにこうして栞を挟んでおいた、ということは、かれこれ二十年近くも前の私の心の琴線に、何かしら触れるものがあったということなのだろう。それに、何冊か持っていたシリーズの中で、この一冊だけを処分しないで持ちつづけていたわけだし。

そんなことを思いながらもう一度、読み返してみたとき、一本の矢のように胸に命中した言葉があった。

「まだ誰も住んでいない新しい家」

まだ、家具も電化製品も台所用品も置かれていない。カーテンも掛かっていないし、絨毯《じゅうたん》も敷かれていない。誰も住んでいない、がらんとした、空っぽの家だ。けれども詩人は「そこに何もないということは　すべてがそこにあるということ」と書いている。

高校生だった私に、この詩の意味がわかっていたとは思えない。

きっと「空っぽな家には何もないはず。すべてがあるなんて、へん」などと思っていたのではないだろうか。疑問を感じていたから、釈然としないからこそ、栞を挟んだのかもしれない。

二十年前の疑問が今、目の前で解けた、と、感じていた。

たとえば、器の中に水がいっぱい入っていたら、ほかには何も入れることができない。文字のぎっしり詰まっているノートには、何も書けない。額縁もそうだし、家だってそう。中が空洞だからこそ人が住めるのだし、空っぽだからこそ、そこには、好きなものを好きなだけ、入れることができる。あるいは、受け入れることが。

空っぽな家には、すべてがある。

本当にその通りだ。

私の未来も幸福も安心も安定も、今はすべてがあの家の中にある。

私は詩人から、過去の私から、応援歌をもらったのだと思った。

もとの箇所に栞を挟んだまま詩集を閉じると、足もとに置いてある何個かの段ボール箱のうちの一個に、そっと収めた。

まるで、ひと粒の小さな幸せの種を植え込むようにして。

その箱の中には、引っ越し先まで持っていく本が入っている。

今はまだ、誰も住んでいない新しい家まで。

家を見に行ったのは、先々月の終わり、九月の最後の日曜日だった。

不覚にも道に迷ってしまい、足を引きずりながらとぼとぼ歩いていたとき、偶然、その前を通りかかった不動産屋。道をたずねようと思っていたわけでもないのに、なぜか、入り口の前で立ち止まってしまった。

ガラス窓に内側からべたべたと貼りつけられていた、賃貸アパートやマンションや借家の紹介広告。その中の一枚に、吸い寄せられてしまった。まさに心を持っていかれた、という感じだった。

〈お買い得な一軒家有り。二階建て庭付きベランダ付き新築同様。即入居可〉

そのような謳《うた》い文句の下に、添えられていた数字を見て驚いた。

あたりはうす暗かったし、桁を読み違えたのかもしれないと思って、目をくっつけるようにして、見てみた。間違いない。貯金を頭金にすれば、なんとか手の届きそうな数字が記されている。

お買い得な一軒家？

家が買える？

私にも、一軒家が所有できる？

それはそのとき突然、浮かんできた思いではなかった。ここ数年、心に「自分の家」

が浮かんでくることはままあって、休日の散歩中や会社の昼休みに不動産屋の近くを通りかかったときなどには、意識的に物件情報に目を向けてきた。けれども、自宅の最寄り駅の恵比寿や広尾や、会社のある新宿界隈などは、場所柄のせいか、逆立ちしても届きそうにない数字が並んでいたのだった。

私はもう一度、貼り紙広告の数字に目をやった。

折ふし唱えつづけてきた呪文が浮かんでくる。

家さえあれば、ひとりでも。

今、住んでいるマンションに、大きな不満があるわけではない。

しかしながら、小さな不満なら数え切れないほどある。洗濯物を外に干せない。台所が狭くて、使いにくい。デザインを重視した間取りになっているせいか、収納スペースがほとんどない。近所に住んでいる主婦たちの、ごみ置き場でのおしゃべりがうるさい。深夜にしょっちゅう、階上に住んでいる人たちの足音が響く。何よりも、ワンルームであるということの息苦しさ。どこにも逃げ場がない、という閉塞感。向かいのマンションをふくめて、住人の入れ替わりが頻繁にあり、隣近所や階下や階上にどんな人が暮らしているのかわからない、という不安もある。

もっと大きな不安。給料の三分の一近くがあっさり消えてしまう家賃を、この先いつまで、払いつづけていけるのか。

意地悪でお節介な弟からも、ついこのあいだ、脅かされたばかりだ。

「そりゃあ今は、優雅なひとり暮らしかもしれないけどさ、六十、七十になっても、おしゃれなひとり暮らしなのよって、人に自慢できるのか？　だいたい、定年退職したあと、年金だけで家賃を払っていけるのか」

くやしいけれど、それは常日頃から私自身の感じている、漠とした不安の正体でもあった。

「老後のことを心配しながら今を生きるなんて、詰まんなくない？」

軽く反論すると、弟は待ってましたと言わんばかりに突っかかってきた。

「そこだよ、姉貴の甘いところは。今はいいよ、副編集長だか、キャリアウーマンだか知らないけどさ、だけどいずれは、あとからやってきた世代に追い抜かされていくんだよ。会社なんて所詮、組織だろ。個人を守ってはくれないよ。会社の調子が悪くなったら、どうやって家賃を払っていくんだ」

追いかけるようにして、母は私に結婚をすすめる。

「そうよ、女がひとりで生きていくってことはね、妃斗美ちゃんが考えているほど簡単でも甘くもないのよ。だからお見合いでもなんでもして、早くいい人を見つけて……」

「もっと真剣に、結婚のことを考えたらどうなんだ」

「あのねえ、前にも言ったと思うけど、順序が逆でしょ」

結婚というのは、しかるべき相手がいて初めて、真剣に考えるものだと私は思うのだけれど、母や弟は、結婚が先で相手はあと、みたいなのだ。

女がひとりで生きていくということは、確かにそんなに簡単なことじゃないと、私も重々、承知している。だからといって、結婚によってすべてが解決すると思ったら、大間違いなのだ。それは、過去の苦い経験からも言えること。今となっては、自分探しの彼と結婚しなくてよかったと思っている。だって、結婚したあとで「自分探しがしたくなった」って言われる可能性だってあったんだから。

結婚後、背負い込んだ重荷やしがらみによって、今にも押しつぶされそうになっている友人を、私は知っている。「こんなはずじゃなかったんだけど」と、唇を嚙みしめている女友だちを、ひとりではなくて、複数。

結婚は無条件で女を幸福にしてくれないし、守ってもくれない。早朝のごみ置き場で、終わらないおしゃべりに興じている女性たちの中にも、そう思っている人は少なからず、いるに違いない。

ではいったい何が女を幸福にしてくれるのか。

いつだったか、取材先のネイルサロンで耳にした、有閑マダムたちの言葉がよみがえってくる。

「ほら、このごろよく、ひとり暮らしの老人がアパートで突然、亡くなったりするじゃない？　そうすると、長いあいだ、誰にも気づかれずに、放ったらかしにされたままになるのよね。あれって、本当にみじめよね。家賃の催促に来た大家さんが第一発見者。最低の死に方よね」

「そうよ、だいたい、人様から借りている部屋で死ぬなんて、迷惑な話よ。貸している人も困るし、近所の人たちだっていい気持ちはしないわよ」

とても他人事とは思えなかった。

取材からの帰り道に、こんなことを思った。

もしも賃貸アパートやマンションではなくて、家なら、自分の持ち家なら、誰からも何も言われなくて済むのではないか。家さえあれば、ひとりで好きなように生きていけるし、ずっと独身でいたって平気だし、安心して、老いていけるのではないか。

家さえあれば。持ち家という砦さえあれば、ひとりでも――。

〈お買い得な一軒家有り。二階建て――〉

到底、手の届かない大きな買い物であったはずの家が私の目の前に、手の届く数字として存在していた。

「こんばんは、お邪魔いたします」

もう、一歩も歩けないほど、くたくたに疲れていたはずなのに、私は行動力の滝野妃斗美にもどって胸を張り、元気よく挨拶をして、不動産屋の事務所の中へ足を踏み入れていった。

それから数日後の日曜の午後、不動産屋の従業員の車に乗せてもらって、三軒の家を見に行った。

一軒目はテラスハウス形式になっていて、白い外壁に青い屋根の家が横並びに三軒。売りに出されていたのは、まんなかの一棟。

新興住宅地によく見られるような瀟洒な造りの家は、いかにも若い夫婦のファミリー向けといった様相を呈していた。両脇の家の前庭には、三輪車やビニール製のプールや子どもの遊び道具やおもちゃ類が散乱していて「結婚はまだ？」「ひとり暮らしで、寂しくない？」と言われそうな雰囲気。

ここは除外することにした。価格も予算を上回っていた。

二軒目のお値段は手ごろだったけれど、浅草の繁華街に近いせいか、まわりの環境がごちゃごちゃ、ごみごみしているように見えた。隣近所に、居酒屋やスナックやカラオケバーなど、夜のお店が多すぎる。女がひとりで、落ち着いて暮らせるような界隈ではないと判断した。

文句なしで気に入ったのは、最後に見に行った三軒目の家、最初に広告で見かけた家だった。おそらく不動産屋の方でも、三軒目で私を確実に射止めるために、前の二軒を見せたのだろう。

場所は、昭和通りと国際通りの交わる三ノ輪交差点の近く。国際通りから脇道へ入ったところにあり、あたりは静かな住宅街。お寺や神社、公園、図書館、スーパーマーケットなども点在していて、東京メトロ日比谷線の駅からも近い。浅草までは歩いて二十分ほどか。

三軒の中では最も新しく、窓が多くて明るい。庭までついている。それなのに、ここがいちばん安い。ガレージがないこと、ファミリーで暮らすにはやや手狭なことがその理由だろうか。いずれにしても「お買い得」という惹句《じゃっく》は、オーバーではなかった。

男性スタッフは私の表情を目にして、口調に熱をこめた。最初から押せ押せでしつこく迫るのではなくて、淡々とビジネスライクに進めていって、押すべきところでぐいぐい押す。セールストークの壺を心得ているなと思った。

「持ち主は、地元の工務店の経営者ご夫婦でして、もともとは、独身のひとり娘さんのために建てたらしいんですが、その娘さんが急に外国の方と結婚され、海外で暮らすことになったそうなんですね。しばらくのあいだは人に貸していたのですが、昨今、管理もいろいろと難しく、またご夫婦の方も、老後は娘さんたちの近くで暮らしたいと思っておられて、それなら新しいうちにと、売りに出されました。何しろ身内のために設計、建築された家ですので、いろいろなところに神経が行き届いておりますでしょう」

「そうですね、玄関口が通りから少し奥まったところにあるのもいいですし、階段まわりの造りなんかも、ゆったりしてますね。台所もとても使いやすそう。お部屋の天井が高いところも気に入りました」

デザイン重視の今のマンションのキッチンと違って、流し台、調理台、ガスコンロの配置がよく、収納棚のスペースもたっぷり。大型のオーブンのほかに、魚を焼くための小型のグリルも備わっている。

娘さんはきっと、料理の好きな人なのだろう。

「そうなんです、そうなんです。お客様は目のつけどころが違います。今までにも、かなり見てこられたんでしょう」

「いいえ、実は今回が初めてなんですけど」

「そうですか。それはそれはまたなんと申しましょうか、これがひと目惚《ぼ》れの初恋の家？　いえ、運命の出会いだったってことでしょう。では、お二階へどうぞ」

階段を上がっていきながら、ふと思った。

もしかしたら娘さんは、私と同じくらいの歳か、もう少し上だったのかもしれない。

「急に外国の方と結婚」がなかったら、彼女はずっとひとりでここに住もうと思っていたのではないだろうか。親御さんもあらかじめそれを見越して、建てたのではないか。

そんな邪推をしたくなるほど、この家は、私の思い描いていた理想のイメージにぴったりだった。

つまり、女が一生、ひとりでも、快適に暮らせそうな家。

広すぎもせず、狭すぎもしない。

一階には、踏み込みと廊下とフローリングの小部屋があり、その奥に、リビングルームとダイニングスペースを兼ねた広い空間。キッチンとバスルームとランドリールーム。二階には、手前に六畳の和室、奥には八畳ほどのフローリングの部屋。ガラス窓をあけると、広々としたベランダに出られる。

一階の奥には、高めの塀で囲われた庭がしつらえられている。庭の向こうは、駐車場と墓地。だからとても静か。

両隣には家が隣接しているものの、どちらの家にも庭があり、家を隠すようにして庭木が植えられているので、まったく息苦しさを感じない。いかにも地に足のついた生活ができそう。

ベランダには屋外用のテーブルとデッキチェアを置いて、そこでお茶を飲んだり、本を読んだりしよう。庭で、青空のもと、そよ風に吹かれながら、ガーデニングをしよう。買ってきた鉢を置くだけじゃなくて、ちゃんと種をまいて、植物を育ててみよう。自分の手で育てた緑や花に囲まれて暮らす。ああ、なんて素敵なんだろう。

とびきり素敵な３ＬＤＫ庭付きベランダ付きのお城。

早くも夢がふくらんでくる。

見学が終わって、不動産屋のスタッフがお手洗いを使っているあいだ、私は一階のまんなかで両手を上に挙げ、バレリーナみたいにくるくる回っていた。

決めた！

この家を買う！

不動産屋のオフィスにもどって、契約締結のための話し合いをした。

売買契約担当の係員のアドバイスに従って、貯金の約三分の二を頭金として支払い、残りは月七万円の二十年ローンを組むことにした。これなら楽に返していけるし、五十五歳になったとき、家は完全に私のものになる。これでもう怖いものなし。

万歳三唱をする前に、しかしひとつだけ、難関が待ちかまえていた。

契約関係の書類の説明が終わりに差しかかったころ、ぶあつい書類の中から数枚を抜き取って、担当者は私の目の前にすーっと差し出した。

「こちらとこちらには、保証人様のお名前、ご住所、捺印をお願いいたします」

「保証人、ですか」

久しぶりに耳にする言葉だった。

マンションを借りたときにも聞いたのかもしれないけれど、すっかり忘れていた。三十五歳のいい大人にもまだ、保証人がいるのか。

「はい、親御さんでもご親戚の方でも、会社にお勤めの男性の方でしたら、どなたでもかまいませんので」

さらりと、そんなことを言う。

契約関係の担当者は、四十代後半か五十代くらいに見える男性。家に帰れば、長年、連れ添ってきた妻と、子どもがふたり。高校生と大学生。教育費にお金のかかる年代だ。思春期を迎えた娘からは最近、なぜか忌《い》み嫌われている。というのが私の推察。さほど外れてはいないだろう。

「は？　会社勤めの、男性、ですか」

「はい、さようでございます」

「女性ではいけませんでしょうか？　父は亡くなっていて、母は飲食店を経営しているのですが。飲食店は一応、会社組織になっています」

名実ともに、有限会社「滝野」の経営者は弟で、弟は男性だけど、弟に保証人になってもらうのだけは避けたい。また何を言われるか、どんな難癖をつけられるか、たまったものではない。家の購入に当たっては、実家からの援助は一円たりとも受けるつもりはない。ただ母に頼んで、こっそり保証人になってもらえたらそれでいい。弟に話すのは、すべての手続きが完了してからにしたい。

そんな私の胸の内を見透かしたかのように、担当者はやんわりととどめを刺す。

「できましたら、男性の方《かた》が望ましいです」

なぜ？　なぜ女性では、だめなのですか？　どんな問題があるのでしょう。

そう訊きたい、というよりも、詰め寄りたい気持ちが喉もとまでせり上がってきていた。私はそれをこらえた。ここまでこぎつけて、こんなことで、話をこじらせたくない。女性差別うんぬんを問題にしている場合ではない。

「こちらとしても、うるさいことは申し上げたくないんですが、なにぶん大きなお買い物ですしね、安定した企業にお勤めの男性の方にお願いできればと思います」

安定した企業？

店なんて、いつつぶれるか、わからないから？

「わかりました。なんとかします」

そう言って、ぶあつい書類の入った封筒をバッグに押し込んだ。

部屋にもどって、書類とにらめっこをしながら、さまざまな「安定した会社勤めの男性」の顔を思い浮かべようとしてみた。疎遠になっていて顔も浮かんでこない親戚のおじさんたち。

「はあ、最悪だわ」

首を横にふりながら、私はため息をついた。

くやしかった。腹立たしかった。情けなかった。

女が家を買うためには男の保証人が必要だなんて、出鼻をくじかれたような気がしてならない。いっしょうけんめい働いて、こつこつお金を貯めて、あともうひと息で家が買える、というところまで来ているのに。

ぐずぐずしていたら、ほかの買い手がついてしまうかもしれない。こんなにも理想にぴったりな家に巡り会えるチャンスがこの先、訪れるとは思えない。あせりのあまり、胸が焼け焦げそうになっている。

預金通帳を取り出して、そこに並んでいる数字を見つめた。

もともとこの額面は、もと婚約者の彼といっしょに「いつかマイホームを買おうね」と夢を語り合っていたからこそ、貯まったものだった。そういうことからすれば、今の私は、別れた彼に感謝の気持ちさえ抱いている。

友人たちが華々しく海外旅行へ出かけたり、留学したり、ブランドのバッグを買い集めたり、高級エステサロンに通ったりしている姿を横目で眺めながら、倹約に倹約を重ねて、健気に貯めてきた苦労の賜物《たまもの》。東に利回りのいいファンドがあると知れば飛びつき、西に新興国の株式を組み込んだ投資信託があると知れば研究し、そして、婚約がだめになったあとは「頼れるのはお金だけ」という悲壮な決意のもと、さらにがんばって貯金を増やしてきた。

あともう一歩で、あの家が手に入る。

あの家が欲しい。あの家を買いたい。

今の私にとって、マイホームとは、女の幸せの象徴だった。

家を買いたい、幸せを買いたい。

どうすればいい？　どうすれば、幸せが買える？

答えはひとつしかなかった。

母に頼もう。母に頼んで、母方のおじさんの誰かに保証人になってもらうしかない。

一週間後、意を決して、電話をかけた。

「あら、珍しいわね。妃斗美ちゃんから電話をくれるなんて。何かいいお知らせでもあるの？　聞く耳は、ばっちり持ってるわよ」

日曜の夜には、母の方からかかってくることが多い。今は店の仕事がすべて終わって、自分の部屋でくつろいでいる時間帯だろう。少しお酒も入っているのか、母の機嫌は上々だった。

「うん、とびきりいいお知らせよ。あのね、運命の出会いがあったの。ただし、相手は人じゃないんだけど、人よりももっと信頼できる存在」

まず煙《けむ》に巻き、こちらのペースに引き入れておいてから、一気に一部始終を説明した。

保証人の部分はあっさりとさり気なく、あたかも重要な案件ではないかのようにして。

「会社勤めをしているおじさんに、頼んでもらえないかな。あとのことは私の方で責任を持って進めるから。形式だけの保証人」

つかのまの沈黙。

開口一番「女だてらに家なんて所有してたら、そうでなくても縁遠いのに、もっと縁遠くなってしまうんじゃないかしら」というようなネガティブな反応が返ってくるものと覚悟していたけれど、母はいい意味で予想を裏切ってくれた。

「まあ、そうなの、そういうことになっているの。驚いたけど、それほど意外でもなかったわ。確かにいいお知らせだと思う」

「えっ、ほんと？　ほんとにそう思ってくれるの」

「いつかは、こういうことを言い出すんじゃないかと、実はうすうす感じていたの。なんといっても妃斗美ちゃんは、パパの血を引いた娘だもの」

パパ？

母の口からその一語が出てくるのは、いったい何年ぶりのことだろう。こんなところで父が顔を出すとは、思ってもみなかった。

「パパにはね、昔からそういうところがあったのよね。なんでもひとりで考えて結論を出して、責任を持ってきちんと実行に移す。不言実行っていうのか、あ、有言実行？

そういうところ、純にはあんまり遺伝してないけど、妃斗美ちゃんにはしっかりと遺伝したわね。あなたはパパのお気に入りの娘だったんだもの。小さいときはね、絶対、嫁になんてやらない、誰とも結婚させないなんて言ってたのよ、覚えてないでしょ」

父の思い出話が始まった。

やっぱりちょっと酔っ払っているみたいだ。

話を聞いて欲しいのだろうか。いつも明るくふるまっているけれど、本当は寂しいのかもしれないな、などと思いながら黙って話を聞いていると、母は途中で突然、引導を渡そうとしてきた。

「でね、保証人のことだけど、残念ながらそれは無理。あきらめなさい。あたしの兄も弟も適任者じゃない。あたしからも頼みにくいし、頼んでも断られると思うわ。あたしが言うのもなんだけど、親戚ってね、けっこう冷たいものなのよ」

「……」

「でも家はあきらめなくていい。あのね、こういうときのために、大切に守ってきた『虎の子』があるの」

「虎の子って」

「大きな虎の子よ。虎の子だから、猛獣よ」

「猛獣ってライオン？」

「違うわよ、虎よ」

それは、父が私のために残しておいてくれたお金だった。

「お店はゆくゆく純のものになるだろうから、妃斗美にはまとまったお金を残しておいてやりたいって、いつも言ってたの。大学進学でも海外留学でも、妃斗美ちゃんに何かまとまったお金が必要になったときのためにって。あたしもそう思って、こっそり管理してたの。本来ならあのとき全額、渡すつもりだったんだけど」

あのときというのは、だめになった結婚を意味している。

「事あるごとに、パパは言ってたの。妃斗美は、たとえ結婚したとしても、平凡な家庭の主婦に収まるような子じゃない。きっと、あの子にしかできない生き方や働き方をしていくんだと思う。妃斗美が将来、こういう道に進みたいと言い出したとき、親として全面的にバックアップしてやれるような態勢をととのえておきたいんだって……」

「全額って、どれくらい」と、さっきから何度も訊こうと思っているのに、声が喉に詰まってしまって、言葉が出てこない。さまざまな感情が胸の中で渦巻いている。その中心には、亡き父に対する想いがある。

お父さん、そんなこと、思ってくれてたんだ。

目頭が熱くなってきた。

母はぽーんとボールを投げるように言い放った。

「妃斗美ちゃんのことだから、自分の貯金だって、相当額あるんでしょ。この際キャッシュで買いなさい。買っちゃいなさい。現金一括払いよ。そうすれば、保証人なんていらないでしょう。パパが妃斗美ちゃんのことを、天国から応援してくれているのよ、そのことを忘れないで」

そのあとに、金額を教えてくれた。暗かった夜空のすみっこで、小さな星くずがきらめいた。その光がはっきり見えた。

頭の中で、計算機を叩いてみる。貯金に、父の残してくれたお金を加えたら、なんとか買える。物件価格以外にかかる諸々の経費は、個人年金保険を解約すれば、まかなえるだろう。貯金をはたいてしまうことには一抹の不安がなきにしもあらず、ではあるけれど、このあとは家賃も管理費もローンの返済金も払わなくていいのだから、また一からこつこつ貯めていけばいい。

「お母さん、ありがとう。どう感謝したらいいのか……わからないくらい……」

「感謝なら、パパにね。パパも喜んでいると思うわ。いい買い物をしたねって」

引っ越してから、一カ月が過ぎようとしている。

毎朝、目覚めた瞬間、何か大きなものにしっかりと、守られているという感覚に包まれている。

不思議な安心感だ。賃貸マンションで暮らしていたときには、決して抱くことができなかった。それどころか、いつもどこからか吹き込んでくるすきま風みたいな不安を持て余していた。地に足のついている家には、宙に浮いているマンションからは得られない安心感があるということだろうか。

「家、家っていうけど、そんなのただの物体の寄せ集めだろ。屋根と屋根瓦と柱と壁と床の集合体じゃないか。そんなもので幸せになれるなら、所詮、その程度の幸せだよ」

案の定、弟からは偉そうに水を差された。

お祝いと称して、鉢植えの柚子《ゆず》の木を夫婦連名で送ってきてくれたけど、それは早織さんが気を回したということだろう。

「ま、いいさ。持っていないよりは、持ってる方がいいと思うよ。いざとなったら売ればいいんだから。それに、家付きの女なら、若い男にもアピールできるかも」

数カ月前に目にした女性雑誌の特集「女性のためのマンション購入」の中に、マンションを買ったとたんに恋人ができて結婚が決まった、という記事が出ていたことを思い出した。もちろん弟にはそんなことは言わなかった。

「結婚が目的で、家を買ったわけじゃないから」

「じゃあ、何が目的なんだ。家と結婚でもするつもりか」

そんな雑音が蚊の鳴く声にしか聞こえないほど、家の持っている抱擁力——と、私は名づけている――は大きかった。

家具類は、マンションで使っていたものを持ってきただけで、何も買い足さず、置物や装飾品などは引っ越しを機に、可能な限り処分してきた。

一階にある小部屋には、パソコン用のデスクと椅子を置いて、自宅で仕事をするときにはこの部屋を使っている。家で仕事をするのが格段に楽しくなった。

リビングルームには絨毯を敷いて、ソファー代わりになるクッションとコーヒーテーブルだけを配し、広いスペースをそのまま確保してある。リビングルームの壁には作り付けの本棚があり、持ってきた本をぎっしり詰めても、まだ余裕があるのがうれしい。絨毯の上にごろーんと寝転んで、好きな読書にふけるのは、私にとって最高の贅沢だ。

ダイニングスペースには、テーブルと椅子。これらは二人用なので、ここにもスペースはたっぷり残されている。

二階には、奥のフローリングの部屋にベッドだけを置いてある。手前の和室には、まだ何も置いていない。ときどきここに寝転んでストレッチをしたり、ごろごろ転がったりして、ひとりで遊んでいる。二階のベランダにも、まだ何も置いていない。

一階の庭に張り出している縁側に腰かけて、ぼーっと空の雲を眺めている時間も、至福のひととき。まるで心が空中遊泳しているようで。

遊ぶ、と言えばお風呂場。

これは、実際に浸かってみて初めて、しみじみ実感できたことだった。この家のお風呂は私にとって、心も体もリラックスできる遊び場みたいなもの。マンションにあったのはあくまでもバスルームだった。この家のお風呂はひと味もふた味も違う。まず、檜《ひのき》でできているから香りがすこぶるいい。そして、なんというか「おひとり様用の温泉」と名づけたくなるような広さ。湯船も洗い場も広い。自然に鼻歌が口をついて出てくる。窓からは夜空の月まで見える。湯船に浸かりながら、川柳をひねったり、雑誌の特集のキャッチコピーを考えたりしている。もちろん、本を読むこともある。

とにかく今は、この家のありとあらゆる空間を楽しんでいる。

住み始めてますます、空っぽであることの素晴らしさ、解放感、のびのびした気持ちを味わっている。

「滝ちゃん、このごろ、なんか気力が充実してない？　いいことでもあったの」

このあいだ、会社の廊下で偶然すれ違った、カメラマンのスズタク、こと、拓さんから、そんなことを言われた。

「うん、ちょっとね。大きな買い物をしたのよ」

私は意味深な答えを返しておいた。

「そういえば拓さん、折り入って話したいことがあるんだけど、来週か再来週、どこかで時間の取れそうな日、ある？」

文香から頼まれている話をしなくてはならないと思いながら、家の購入と引っ越しにかまけてしまっていた。拓さんは一瞬、頭の中でスケジュール帳をめくっているような表情になっていた。返ってきた答えは私同様、意味深な内容だった。

「悪い。俺、今、それどころじゃなくて。落ち着いたら、俺から誘わせてもらうから」

次の仕事の約束の時間が迫っていたのか、そう言ったきり、あたふたと去っていってしまった。カメラバッグを肩に食い込ませ、機材を両腕に抱えたうしろ姿を見送りながら、なんだか戦友を見送っているようだと思った。

でも私はもう、戦士じゃない。やめたのだ、そういう生き方は。

「滝野さん、家を手に入れてから、なんだか働き方にも余裕が出てきましたね」

「働く女にはやっぱり家が必要なんでしょうかね。ああ、私も欲しいな」

「男なんてちっとも頼りにならないけど、家は頼りになるのよね。わかるわ」

「女の人生、持つべきものは仕事と家か」

「安定感が女の魅力につながるのかも」

会社の先輩や同僚たちから口々にうらやましがられて、ちょっとだけ悦に入っている。

そんなある日、はたと気づいた。

あの頃の私は、あの頃の私の抱えていた器は、ぎっしり詰まっていたんだな、と。

あの頃とはすなわち、彼とつきあっていた年月。

「彼」と呼べる人がいた時代。

私の心の器にはいろいろなものが、もうこれ以上、入らないというほどに入っていた。夢、目標、希望、願望、欲望、執着、恋愛、結婚、仕事、未来、将来の設計、価値観、とにかくごちゃごちゃと、なんでもかんでも。嫉妬や羨望や不満や愚痴なんかも入っていたんだと思う。だから彼は、息が詰まりそうになった。私という小さくて狭い器の中に取り込まれ、息苦しくなって、息ができなくなって、それでそこから飛び出して、自分探しに出かけたくなった。

——考えに考えて、悩み抜いた末に導いた結論なんだ。このままずるずる妃斗美と結婚して、家庭を持ったりしてしまったら、俺には俺の生き方ができなくなる。本当の自分ではいられなくなる。それは俺にとって、死ぬのと同じことだ。妃斗美は俺に「死ね」って言いたいのか。

ということは、愛情も「空っぽの器である」ことが大切?

愛は空っぽであるべきだなんて、そんなの理解できないって言う人もいるだろう。でも、誰かを愛するということは、まず自分を空っぽにして、その空っぽの器の中に、相手を受け入れていくということなのかもしれない。

今の私が、あの頃の私だったら。

婚約破棄には、至らなかったかもしれない?

結婚するのは遅くなったとしても、別れることにはならなかったかも。

あの頃の私が、今の私だったら。

考えても詮無いと知りつつ思いを巡らせながら、洗濯機を回して、私は一週間分の洗濯を始める。

お風呂場の前にある洗濯スペースには、換気口を兼ねた小窓がついていて、そこから、長方形に切り取られた空が見えている。十一月の終わりの空。まるで絵葉書みたいだ。左上の片すみにはちょうど切手大の雲。

このところ降りつづいていた長雨がすっかり上がって、きょうの空は上機嫌の青空。

先週末、仕事で関西へ出張していたので、今週は代休を取って、きのうの金曜日から個人的な三連休。

とはいえ、自宅でできる仕事はサービス残業として持ち帰っているし、スマートフォンやパソコンに入ってくるメールやボイスメッセージには、すかさず返信を送っている。

「仕事とプライベートは、きちんと分けなきゃだめよ」と、忠告してくれる友人もいるけれど、ひとりの人間のやっていることだもの、そんなに明確に線引きはできないのではないかと思っている。

何よりも、私は仕事を、雑誌を、雑誌の編集を愛している。会社じゃなくて、仕事そのものを。だったら、その好きな仕事を、会社でやろうと、自宅でやろうと、それは私の自由じゃないかと。いつか、この家を事務所にして、在宅勤務ができたらいいなぁ。

そんなことも、思うようになっている。

洗濯物から汚れが落ちていくように、心も少しずつすっきりしてくる。

あの頃の私は、あの頃の私。

あの頃の私がいたから、今の私がいる。それでいいのよ。

過去を書き換えることはできない。

だけど、過去から学ぶことならできる。過去を生かすことも、輝かせることも。現在をどう生きるかによって、過去は明るくも暗くもなる。湿りもするし、乾きもする。

さあ、干そう。

乾燥機付きのマシンだけれど、私は外に干すのが好き。お日様に当てると、気持ちまで乾くような気がするから。一階の奥にある日当たりのいい庭の一部を、物干し場として使っている。弟夫婦からもらった柚子の木のそばに、母が「うちでは使っていないから」と言って送ってくれた、洗濯物を干すためのラックを置いて。

洗濯物を干したあと、ちょっと遅めの、フルーツたっぷりの朝食を済ませてから、買い物を兼ねて、散歩に出かけることにした。

秋の終わりとはいえ、きょうは陽射しが強い。日焼け止め代わりに、休日用の簡単なメイクをして、すでに皮膚の一部になっているかのようなジーンズと、履き慣れたスニーカー。頭にはお気に入りのストローハット。

土曜日の町の空気は、平日とは違ってどこか柔らかく、ねじが一本、ゆるんでいる。

いつもなら、まず浅草の方へ向かってぶらぶら歩いていき、酉《とり》の市で知られている鷲《おおとり》神社にお参りをして、浅草を通り抜けたあと、隅田川に沿って延びる遊歩道を散歩し、帰りにスーパーマーケットに立ち寄って必要なものを買ってくるところだけれど、玄関から外に出たとき「きょうは反対方向へ行ってみよう」と思い立った。

理由はない。ぱっとそういう気持ちになった。

「行ってみよう」というよりは「探検に出かけよう」という感じ。

私の家は台東区に位置しているけれど、浅草と反対方向へ歩いていくと、途中から荒川区になる。これまでそっちの方面を散策したことはなかった。どこに何があるのか、皆目わかっていない。だから、探検。

大通りを避けながら小道から小道へと歩いているうちに、いかにも「昔からやってます」と主張しているような、古くて小さなお店を何軒か発見した。手作りのケーキのお店。おこわの専門店。ガラスのケースの中に色あせた蠟《ろう》の見本が並んでいる定食屋。時計のコレクションが目を引く骨董品屋。戦災をまぬかれたからなのか、昭和の初めにタイムスリップしたかのような錯覚を抱かせてくれるお店がそこここに。

そんな中に、明らかに若い人が営んでいるとわかるお洒落なアクセサリー屋さんや、個性的なブティックや、オーガニックのハーブ店なんかが交じっている。まるでびっくり箱みたいだ。これだから下町は好きだなぁ、なんて思いながら、そぞろ歩きをしているうちに、商店街にたどり着いた。

たぶん商店街の方から、商店街生まれの私を引き寄せてくれたのだろう。

残念ながら、商店街には活気がなかった。

土曜日だから休業しているのだろうか、それともこの商店街も、時代の変化についていけなくて、やむなくシャッター商店街と化してしまったのか。それでも、あいているお店はぽつぽつあった。匂いでわかった。天ぷら屋さんと、お蕎麦屋さんと、古びた喫茶店が一軒。窓越しに髭のマスターの横顔が見えている。あとであのお店に立ち寄って、マスターの手差しの珈琲――コーヒーではなく――をいただいて、それから揚げ立ての天ぷらを買って帰って、夕飯は山菜おこわと天ぷらにしようか。

商店街の細い通りから、急に視界の開けた交差点へ出たとき、

「あっ」

小さく声が漏れた。

こんなところに電車の駅がある。

どうやら、電車の始発か終点の駅のようだった。線路が目の前で途切れている。切符売り場の小屋の前を通り過ぎて、線路に近づいてみた。すると、向こうの方から電車が走ってきた。色は青。一両編成のおもちゃの電車みたいだ。あたりを見回しているうちに気づいた。

都電荒川線の路面電車。三ノ輪橋停留場。

そういう電車が存在していることは知っていたものの、見たことも乗ったこともなかった。もしかしたら、あったのか。でも記憶には残っていない。

電車に対して、特に思い入れや興味はないけれど、なんだか珍しいものを発見したような気分になり、心が浮き立っていた。まわりでは、わざわざ訪ねてきたと思《おぼ》しき人たちがさかんに写真を撮っている。観光名物にもなっているのだろう。乗り降りしている人たちを見ていると、現役の乗り物としてもきちんと機能しているようだ。

線路に沿って、ずっと遠くまで、野ばらみたいなオールドローズの木が植えられている。コスモスや菊じゃなくて、薔薇が咲いている。赤、ピンク、黄色、クリーム色、オフホワイト、色とりどりの薔薇。

素敵だなと思って、見とれた。線路や電車には薔薇が似合うんだな、と。行ったこともないくせに「スペインか、ポルトガルの田舎の電車みたい」などと思った。雑誌か写真集か何かで、似たような風景を見ていたせいだったのかもしれない。

電車が通るたびに、薔薇の枝葉が揺れ、花の香りをふくんだ風が頰をかすめていく。薔薇の木は線路に沿って、どこまでも植えられているように見える。隣の駅までつづいているのか。もっとその先まで？

薔薇の小道に心を惹かれた。惹かれて、歩き始めた。線路脇の、人ひとりがやっと歩けるほどの狭い道を。

ほどなく、視線の先に誰かがしゃがんで、何かをしていることに気づいた。落とし物でもしてしまって、探しているのだろうか？　コンタクトレンズを落としてしまったとか？

もう少し近づいていくと、若い男の子が地べたにお尻をつけて腰を下ろした格好で、スケッチブックを広げて、スケッチをしているのだとわかった。

あんなところで絵を。

あと数メートルくらいのところまで近づいていったとき、左手でスケッチをしていた人がスケッチブックから顔を上げて、私の方を見た。

「ムトくん！」

「滝野さん！」

ほとんど同時に、互いの名を呼び合っていた。

思いがけない出会いにうれしくなって、思わず駆け寄っていった。これじゃあまるで高校生ね、と、自分で自分を笑いながら。

ムトくんは、スケッチブックと太めの鉛筆を手にしたまま、すっくと立ち上がり、空いている方の手で、ズボンについていた土埃をぱしっぱしっと払った。

その仕草がなんだか可愛い。

「うわー、こんなところで、滝野さんに会えるなんて」

「私もびっくり！　ムトくん、こんなところで何してるの？　って訊かなくてもわかってるね、ごめん。絵を描いてたんだよね。絵を描くのが趣味なの？　日曜画家？　あ、きょうは土曜日か。バイト、休みだものね。私もきのうからお休みをもらってるの。先週の出張の代休。会社、忙しいのにね、みんなから顰蹙を買いつつ、休日のお散歩」

矢継ぎ早に言葉を重ねてしまってから、反省した。心が弾んでいるときに限って、あとで後悔するような軽薄なことばかり言ってしまう。いけないいけないと思いながら、つい言葉に言葉を重ねてしまう。

「私ね、知ってるかもしれないけど、先月、この近くに引っ越してきたの。それでちょっとお散歩に。ムトくんはなぜこんなところで」

さっきから「こんなところで」を連発している。

「あ、僕は大学時代、この電車の沿線に住んでたもんで。あと、おじいちゃんとおばあちゃんの家がこの近くというか、浅草にあって、よく遊びに。僕が住んでいたのはもっとずっと早稲田寄りですけど。この電車の終点、早稲田なんですよ。ここからだと一時間くらいかかりますけど」

「そうか、文香って、早稲田だったものね。きょうは文香はいっしょじゃないの？　お休みの日はてっきりデートかと思ってた」

また余計なことを言っている。何もここで文香を出さなくてもいいのに。

デートに対しては否定もせず肯定もせず、一拍だけ置いて、ムトくんは黙って、開いたままのスケッチブックを私に差し出した。

えっ、これって「見て下さい」っていう意味なの？

それとも「見せてあげる」？

虚を衝かれたまま反射的に受け取って、そこに描かれている絵を見た。完成されている絵ではなかった。ラフスケッチの段階のもの。線路と小石と下草みたいなものと、線路脇の柵と、薔薇の茎のようなものが描かれている。電車は描かれていない。人も。

「下描き？」

「はい。あの、よかったら、前のページも」

一枚めくると、そこには色のついた絵があった。その前のページには水彩画。パステル画もあったし、クレヨン画もあった。めくるたびに出てくるのは、線路、石ころ、草、虫、道にあいた穴、植物や建物の地面に近い部分ばかり。なぜか、視点が極端に低いような気がする。なぜ?

ここで不用意な言葉を発してはならないと思い、黙ってページをめくっていると、ムトくんはきっぱりとした口調で言った。会社で耳にしている、おっとりした口調、のんびりした優しい口調ではなかった。

「それ、全部、絵本の下描きなんです。猫の視点から世界を見て描いた風景。つまり、小さな生き物の目から見た世界ですね。それで絵本を創りたいと思って。猫、好きなんです。好きっていう以上に好きかも。だから、猫の絵本」

「そうなの、これ、絵本の絵なの!」

「そのつもりです。本になる予定なんて、全然ないんだけど」

「猫の視点で描かれた絵本……」

単純に驚き、感動していた。

猫の視点。そう思って見直してみると、すべての絵が心に落ちてくる。何かを語りかけてくる。確かに、小さな生き物の目にはこんなふうに、地面に近いものばかりが映っているに違いない。電車や人や薔薇だって、人が見ているよりももっと下の方を見ているはずだ。新鮮なもの、おもしろいものに出会った。出会わせてもらった。

「自慢じゃないんですけど、僕、このあたりに住んでいる猫たちとは全員、顔見知りなんです。知らない猫はいないって言えるくらい」

「だから猫の気持ちもわかるんだ」

「さあ、それはどうかな。でも、猫たちの方は、僕の気持ちをわかってくれてるとは思います。それでね、絵本の最後の一ページには一枚だけ、猫が上の方を見上げているような絵を出したくて。急に視線が上に広がるっていうか。どんな景色がいいのか、まだイメージは固まってないんですけど」

「ムトくんって……」

画家か、イラストレーターか、とにかく絵かきを目指しているのね。

私の問いかけよりも先に、彼の答えが肩に舞い降りてきた。

「僕、絵本作家を目指してるんです」

はっとした。

自分の目標を、志を、こんなふうにきっぱりと言い切れる人は、いそうで、いない。私だって学生時代に「何になりたいのか」と人に訊かれたとき「編集者になりたい」と、断言できなかった。自信がなくて。

仕事柄、イラストレーター志望、作家志望、装幀家志望の人たちを何人も知っている。彼ら、彼女たちも「できればなりたい」とは言えても、「目指している」とは言い切れない。作家になるためにはまずそこを、自分の不安を、乗り越えなくてはならないのではないか。作家に限ったことではない。どんな職業でもそうだろう。まず、自分の仕事と目指しているものに矜持《きょうじ》を持たないと。一仕事人として、そう思っている。

「絵本作家……」

何かもっと気の利いた言葉を返したいのに、おうむ返しでそう言ったきり、私は黙ってしまった。

胸を打たれていたせいだった。彼の意志、あるいは、その強さ、気高さのようなものに。高潔な野心、とでも言えばいいのか、そのすがすがしさに。

——写真家に限らず、アーティストなら誰だって、わがままになると思うし、自己中心的になると思うし、なって当然だと思うし、なれないと嘘だと思うし、自分がいちばん偉いんだって、たぶんそう思ってると思うんです。そういうふうに思うことのできる人じゃないと成功できないっていうのかな。本物じゃないっていうのかな。

人は見かけで判断してはいけない、と、感じさせられた、あの日のあの言葉の裏には、こういう意志が秘められていたのだ。

やっぱりこの男の子はただの金魚じゃない。

——だから、鈴木さんの態度っていうか、時間なんて気にしないというか、そんなもの無視、というやり方は、僕にとってはむしろ、うらやましいっていうか、なんていうのかな、偉いなぁって思えて。それに、芸術家って、できあがったものがすべてじゃないですか。関係ないんですよ、人にどう思われようが、迷惑かけようが。意見、終わりです。生意気だってわかってるし、間違っているかもしれないけど、ただ、僕が思ったことです。聞き流しておいて下さい。すみません。

「無謀でしょうか、絵本作家なんて」

「無謀……」

また、おうむになってしまった。ほんとは「無謀じゃないよ全然」って打ち消したいのに。

「あの」

と、私は言った。

ムトくんと、もっと話をしてみたいと思った。今までみたいな日常会話じゃなくて、表面だけをなぞるような世間話じゃなくて、もう一歩、踏み込んだ話ができるのではないかと。絵本の話でもいいし、絵の話でも、芸術論でもいいし、会社の話でも、仕事の話でもいい。うちの会社では絵本は出していないし、私が関わっているのは雑誌だけれど、出版という業界で長年、働いてきた。私には何か、彼の役に立つような話ができるのではないか。

そんなことはすべて、言い訳に過ぎなかった。

私はただムトくんと、絵本作家志望の背高のっぽの男の子と、もう少しだけ、いっしょに過ごしてみたかったんだと思う。有り体に言えば、彼に興味を抱き始めていた。

「あの、どこかでコーヒーでも」

と言いかけたとき、私たちのうしろから、にぎやかな笑い声と足音が近づいてきた。ふり返ると、女子高校生の集団がわーっと迫ってきている。

ムトくんと私はあわてて道のぎりぎりまで詰めて、彼女たちを通そうとした。

私のそばを通り過ぎた直後に、誰かが私をにらみつけたような気配を感じた。

聞き取れないほどのささやき声。

その直後に、傍若無人な笑いの渦が巻き起こった。

もしかしたら、私のことをあざ笑っているのだろうか。

年増の女が若い男にちょっかいを出しているとでも思って。

頬がかぁっと熱くなり、耳の付け根がまっ赤になった。

高校生たちが遠ざかってから「どこかでコーヒーでも」のつづきを言おうかどうしょうか躊躇《ちゅうちょ》している私に、ムトくんが言った。

のほほんとした、いつもの口調で。

「滝野さん、お時間ありますか？　よかったらこれから僕と、メロンパン、食べに行きませんか」

「メロンパン」

負けた。

おうむは金魚に負けた。

うれしい負けだ。

喜んでいる自分に照れながら、照れを隠すために私は、手にしたままだったスケッチブックをぱっとあけた。

まぶしい！

そこには、まだ何も描かれていない、まっ白なページが広がっていた。

第四章 小さな拾い物

恋愛なんて所詮、お子様のするものです。大人の女のあなたは、恋愛なんて、しちゃいけない。するなら色恋をしなさい。情事をしなさい。恋人じゃなくて愛人を、情人をつくる。一度きりの人生、たったひとりの男に振りまわされるなんて、最悪で最低です。

二十代の痛恨の恋愛を思い出して、黄色の蛍光マーカーでぐいぐい線を引っ張ってしまった箇所を再読しながら、私は思う。

恋愛、じゃなくて、色恋か。

恋人、じゃなくて、愛人か。

自分には縁のないような、でも一度くらいは縁があって欲しいような、欲しくないような、うらやましいような、うらやましくないような、かすかではあるけれど確かに喉に引っかかっている、小骨みたいな不思議な言葉たち。

情事や色恋について思いを馳せるには、うららか過ぎるかな、と思えるような陽射しが窓からシャワーのように降り注いでくる。

小春日和のお昼休み。

会議室でひとり、自家製のお弁当――このごろの私は、お弁当作りに凝っている――を食べながら、にょきにょき付箋の立っている本を拾い読みしている。

互いに互いを理解し合おうなんて、そんなこと、はなから思わないこと。人と人は永遠に理解し合えない。人が唯一、理解できるのは自分だけです。むしろ相手のことをよく知らない方が、恋愛はうまくいく。相手のことを何もかも知ってしまったら、恋愛しようなんて思うはずがないでしょ。

思わずお箸を置いてマーカーを取り上げ、線を引く。

彼を追い詰めてしまった苦い経験を思い出しながら。

あの頃にこの文章に出会いたかった、と、黄色くなっているページを見つめて、ため息をひとつ。

ページが黄色くなっているところは、ほかにもある。ほかにもたくさん。

自分が相手を好きでいるほど、相手は自分を好きじゃない。常に自分にそう言い聞かせておくこと。そうすれば、こんなに好きなのになぜ？って、思わなくて済む。相手があなたのことを大して好きじゃないから、そういうことが起こるんです。ある外国の有名な女優が、こんなことを言っていました。「ふたりで幸せに生きていくためには、まずはひとりでこっそり幸せに生きることだ」って。本当にその通りだとわたしは思っています。

ひとりでこっそり幸せに生きること。

いい言葉だな、覚えておこう。小学生みたいに律儀にそう思う。

私も自分の家を手に入れてこのかた、ひとりでこっそり幸せに生きている。この本の表紙の鶴みたいに。

まっ白なテーブルの上に、赤い折り鶴がぽつんとひとつ。

裏表紙には、折りかけの青い鶴。

組み写真を使ってすっきりとデザインされている単行本のタイトルは『悲・恋愛至上主義』という。

上品な仮フランス装。カバーには、手漉きの和紙のような風合いのある紙が選ばれている。映画、テレビ、舞台でも活躍している女優の、いわゆる自伝エッセイ。インターネット上にあふれている、ブログやツイッターやフェイスブックの類いのせいか、書店で自伝やエッセイの単行本を見かけることが少なくなった昨今、増刷を重ね、エッセイ集のジャンルでは久々のヒット作となっている。

恋多き女として知られる彼女が随所で展開している、辛辣《しんらつ》な恋愛批判が実に小気味よい。ページをめくりながら「言って、言って、もっと言って」と、エールを送りたくなる。読み進めていくうちに、タイトルの「悲」という文字には「非」という意味も込められているのだとわかってくる。

演技派で個性派の彼女は、五十代で独身。美しく年齢を重ねている女性の代表選手みたいな存在だ。

マスコミ取材は滅多に受けないと言われている彼女が「ドリカタ」の長年の愛読者であることを知って、販売部長が伝手《つて》を通して取りつけてきたインタビュー取材。テーマは恋愛。「ドリカタ」のメイン読者層、三十代から六十代の女性たちには打ってつけの企画だ。

きょうの午後、フリーライターとカメラマン――文香から批判されていた鈴木さん、私にとっては拓さん――に同行して、私も話を聞きに行くことになっている。このインタビューに備えて、数日前に著書を買い求めて読み込んでおいた。問題なく進めば、十二月十五日に発行される「新年合併号」の巻頭ページを、彼女のインタビュー記事で飾ることができるだろう。

運命の出会いとか、幸せな結婚とか、仕事で自己実現とか、使い古された常套句にお砂糖をまぶしたような夢物語ではない、生き方を真摯《しんし》に模索している女性たちの目から鱗が落ちるような、目の覚めるような道標《どうひょう》を、彼女なら示してくれるのではないだろうか。

おにぎりと、厚焼き卵と、ほうれん草のおひたしと、甘辛く煮つけたこんにゃくを食べ終え、おなかと胸を満足と期待で膨らませて、私は『悲・恋愛至上主義』をバッグの中にしまった。

「恋愛というものはね、誤解に始まり、曲解に終わるの。そう思っていた方がうまくいく。結婚も似たようなものよ。だいたいね、この世には、うまくいく恋愛なんてないのよ。というよりも、うまくいかないのが恋愛というものなの。……それでもうまくいく方法が知りたい？　そうよね、ご結婚されたばかりなんだものね。うまくいかないのが恋愛、そして結婚というもの、なんて言われたら、悲しくなっちゃうわよね。いいわよ、教えてあげましょう。恋愛でも結婚でもこれは同じことだけど、そのうち駄目になってしまうのは、ふたりがいつも、互いをじっと見つめ合っているせいなの。あのね、ふたりは見つめ合ったらいけないの。ふたりでいっしょに、何か別の同じものを見つめているのがいいの。わかる？　視線を交わらせるのではなくて、ふたりの視線が平行して、まっすぐに別の何かに向かっている状態が望ましいの。相手を見るのではなくて、彼の見ているものをあなたも見るのよ。あなたの見ているものを彼も見るの」

女優はそう言いながら、胸の前で右腕と左腕をすっとのばして、のばした先で右手と左手の人さし指をくっつけて見せた。くっついているところには「何か別の同じもの」がある、ということを示す仕草なのだろう。

拓さんはすかさずシャッターを切る。

シャッターが下りる瞬間、瞬間に、女優の動きと表情がぴたっと決まる。おそろしいほど、タイミングが合っている。いかにも自然な表情、自然な笑顔のように見えているけれど、おそらくそれは、写真に撮られることを計算して彼女の創り出している瞬間芸のようなものであるに違いない。拓さんにもそのことがわかっている。プロフェッショナルとプロフェッショナルの技と技がぶつかり合って、火花が散っている。そばで見ている私にも熱気が伝わってくる。

だからこの仕事が好き、と、ふたりの熱に感電しながら私は思っている。

ここは東銀座のはずれ。女優の所属している劇団の事務所。

通された応接室は十畳ほどの和室で、襖《ふすま》をあけて、颯爽《さっそう》と姿を現した女優は着物姿だった。柄は、折り鶴文《もん》。ああ、著書の装幀と同じだなと、感心した。あとで、著書を手にした立ち姿を何枚か、押さえておかないと。

借りてきた猫のようにかしこまっている私たちの前を歩く姿は、菖蒲《しょうぶ》のように凜《りん》としていた。想像していたよりも「ずいぶん小柄な方なんだな」と感じられたのは、頭の中で女優の存在が大きく膨らんでいたせいだろう。

巷でささやかれている通り、母親を演じても、脇役の年上の女を演じても、主役の若手女優を食ってしまうほどの美貌である。内側から滲み出てくるような、年季の入った美貌、とでも言えばいいのか。

「なるほど、ふたりでひとつのものを見つめる。それはいったいどんなものがいいのでしょう」

フリーライターの木村桂子《きむらけいこ》さんは、半年ほど前に結婚したばかりだと聞いている。そのせいなのか、彼女の質問は最初から「どうすれば結婚生活はうまくいくのか」にばかり向いてしまっている。まるで自分自身の恋愛結婚相談をしているかのようだ。

これではいけない。どこかで話を別の方向に持っていかなくては。

「それはご自分で考えて。百人の人がいたら、百通りよ」

「子どもでしょうか」

「そうねえ、お子さんを持たれてうまくいくカップルもいれば、その逆もあるでしょうね。あなたがお子さんばかりを見つめていて、そのせいで彼がほかのものを見つめるようになったらおしまいでしょう」

「子はかすがいになりえない、ということでしょうか？　では何をかすがいにすれば」

涼しげな笑みを浮かべて、ゆったりと話す女優とは対照的に、木村さんは息せき切って、つぎつぎに質問を投げかける。

気持ちはわかるけれど、もう少し間《ま》を置いた方がいいような気がする。メモを取りながら、そんなことを思っていると、女優はまるで私の胸中を察したかのように言うではないか。

「木村さん、あなた、ちょっと相槌が多すぎない？　なんだか先を急がされているようで、話しづらいわ。それとも、このあとの仕事が押してきているの？　あまり時間がないのかしら」

木村さんの顔色がさぁっと変わったのが見て取れた。

さあ、ここで私の出番だ。

ひと呼吸だけ置いて、私は口を挟んだ。

「時間はたっぷりございます。私たち、あまりにもお訊きしたいことが多すぎて、気持ちが先走りしてしまっているようです。あの、そういえば、数年前から、お仕事のやり方をがらりと変えた、というふうに御本には書かれておりましたが、それはどんなふうに」

話の矛先を変えてみた。「仕事のやり方を変えた」というのは、著書のあとがきにちらりと記されていたことだった。

「いい質問をしてくれるわ。さすがは滝野さんね」

そのあとに女優は、販売部長が私の立案する企画を盛んに褒めていたと添えてくれた。だから「どんな人なのか、自分の目で見てみたかった」とまで。

「ありがとうございます。もったいないお言葉をちょうだいして」

しかし彼女は、ライターに対する気づかいも忘れてはいなかった。言いたいことは言うけれど、言いたい放題ではない。繊細な心配りのできる人なのだ。

「木村さん、あなたを見ていると、昔の私を思い出すわ。若い頃は、誰でもそうよ。生き急ぐのね。恋愛も急ぐし、結婚も、仕事も。早く結果を出したいのね。でも、急がば回れよ。本当の人生は、五十代から始まるの。それまでは人生修行よ。ところで木村さん、あなた、いい上司に恵まれたわね。あ、フリーランスだから上司ではないのかしら」

「いいえ、上司です。優しい上司です」

「俺には手強い上司です。怖いんですよ、こんな優しい顔してますけどね、一枚めくったら鬼瓦なんですから」

拓さんの言葉によって、笑いが生まれ、一気に場が和んだ。

この仕事が終わったら、拓さんとどこかでお茶でも飲みながら、文香から頼まれた苦言を呈してみようかと思っていたけれど、きょうの仕事ぶりを見る限り、彼には文句のつけようがない。もしかしたら、拓さんではなくて、他のスタッフたちに問題があったのかもしれない。

文香以外の人たちの話もよく聞いてから、場を改めて、彼と話してみようと思った。それにきょうは、ほかに優先させなくてはならない仕事もある。

拓さんのおかげで、その後のインタビューは至って順調に進んだ。

木村さんもすっかり肩の力が抜けたのか、後半は、質問も相槌もほぼ完璧と言っていい出来だった。

「お仕事をされていない半年間は、どんなふうに過ごされているのでしょう」

私もその答えが知りたかった。

女優の新しい仕事のやり方とは「半年だけ無我夢中で働いて、残りの半年はいっさい仕事をしない」という。

木村さんの問いかけに対して、女優は、目尻に茶目っ気のある皺を寄せた。

「若い男を囲って遊ぶの」

「は？」

二十代の木村さんに「囲う」という言葉の意味が理解できていたかどうか。

「外国の南の島でふたりきりで。半年間、色恋にふけるの。楽しいわよ、病みつきになるわ。あなたも一度やってみなさいな」

今度は私が「は？」と答えて、目を白黒させる番だった。

女優はそのとき私の方を向いて「あなたも一度」と言ったのだった。

電車に乗って社にもどる道々、私の脳内では「若い男を囲って遊ぶ」がうるさいくらいにリフレインしていた。

そんなことを言っても様《さま》になるのは、彼女が名だたる女優であるからに違いない。「囲って遊ぶ」なんて、当然のことながら、私にはそんなことはできないし「半年間、色恋にふける」なんて、私にはまったく関係のない話だ。

にもかかわらず「若い男」という言葉が消えない。なぜか、消えてくれない。

さっきからずっと、私は若い男のことばかり考えている。

遅咲きの薔薇が十一月の風にふうわりふうわり揺れていた、都電荒川線の三ノ輪橋停留場で、偶然、出会った日のことを、まるで美しい映画の一場面を思い出すようにして、心のスクリーンに映し出す。

とても短い場面だ。

いっしょに過ごした時間は決して短くはなかったのに。楽しかったから、もっといっしょにいたいと思ったから、短く感じたのだろう。

夕方までの三時間が三十分くらいに。

商店街を通り抜け、細い路地を歩きながら、いろんな話をした。

会社で交わす会話ではなくて、普段着の会話。私はビジネスーツではなくて、ジーンズ姿だった。職場で耳にしているムトくんの声と、並んで歩いているときに聞くムトくんの声は、甘さが微妙に異なっていた。少なくとも私の耳はその甘さ——まさにメロンパンのような——を感知していた。

裏通りにあった、パン工房に併設されているお店で焼き立てのメロンパンを買って、近くの公園のベンチに並んで座ってむしゃむしゃ食べた。

私がベンチに座ろうとする前に、ムトくんは自分の着ていたジャンパーをさっと脱いで、ベンチの上に敷いた。

「ここ、滝野さんの特等席です」

と言って。

私に対する気づかい、というよりも、それは生まれながらにして持っている優しさのなせるわざのように見えた。相手が私であってもなくても、彼はそのようにするのだろう。でもやっぱり、そんなふうにされると、うれしい。自分の中の「女」が喜んでいるのがわかった。

「うわぁ、おいしいねえ、これ。間違いなく世界一のメロンパンだ」

「でしょ？　この界隈へ来ると、僕は必ずこれを食べることにしてるんです」

「近いうちに、パン特集、組まなきゃ」

「いやいや、たまには仕事のことは忘れて」

「あ、ごめんごめん」

象の足みたいにごわごわした皮と、そこにくっついているざら目糖。どちらもまだじゅうぶんに熱く、香ばしい。かぶりついた中身はふわふわ。ほんのり甘い雲のかたまりを頬張っているようだった。

「じゃあ、メロンパンのお礼に、お茶をごちそうさせて」

食べ終えて、またぶらぶら散歩をして、私のお気に入りの喫茶店に入った。

がらがらと扉を横にあけて入る古いお店で、入り口には、自家製のケーキを並べたショーケースが置かれている。店の名前は「コルドンブルー」――カタカナの文字が左から右へではなくて、右から左へ書き記されている。

メニューには、抹茶もあればこぶ茶もある。

ムトくんはミルクティを、私はカフェオレを注文して、ベンチシートの座席で向かい合った。

左手で紅茶にミルクを入れ、左手でかき混ぜているムトくんの、所在なさそうな右手を見つめるともなく見つめながら、私は言った。喫茶店で落ち着いてから言おうと思っていたことだった。

「よかったら、スケッチブック、もう一度、見せてくれる」

そのとき、私の顔を見てにっこり微笑んだムトくんの笑顔が「若い男を囲って遊ぶ」のリフレインにのって、何度も何度も浮かんでくる。先生から絵を褒められた小学生みたいな、本当にうれしそうな笑顔だった。

「え、はい、もちろんです。滝野さんに見てもらえたらすごくうれしいです」

私はスケッチブックを広げて、最初から最後まで一枚、一枚、丁寧に見ていった。絵を見ながら、感じたことや思い出したことや、子どもの頃、好きだった絵本のことや、知り合いのイラストレーターや画家の話をした。

ムトくんは終始、まるで電流が流れているかのような視線を、私が手もとに引き寄せて見つめているスケッチブックに向けていた。

そう、あのとき、ムトくんも私も、互いを見つめ合うのではなくて「別の同じもの」を見ていた——。

だからどうなの。

だからどうだというの。

あの場で私たちがスケッチブックを見つめていたのは、つまり、それ以外には見つめるものがなかったからじゃない？

それだけのことじゃない？　馬鹿ね。

地下鉄の窓ガラスに映っている自分の顔に向かって、私はふっと苦笑いを漏らした。隣に立っている人が怪訝《けげん》そうな顔をしている。

バッグの中からスマートフォンを取り出した。こういうとき、スマホは便利だ。小さな機械を操作しているふりをしながら、まったく別のものを心ゆくまで操作することができる。文庫本だと、こうは行かない。活字を追いながら別の考え事をするのは、私にとっては苦行に等しい。

コルドンブルーで交わされた会話を、くり返し、再現してみる。

試着室の鏡の前で、取っ替え引っ替え、洋服を胸に押し当てるようにして。見つかりっこない落とし物を探すようにして。

「絵を描こうとすると、いつも白紙の中から勝手に出てくるものがあって、それって、公園、陸橋、線路、電車、駅、自転車、下町、猫、石ころ、雑草……そういうものばかかりなんです」

「出てくるんだ」

「そうなんです。向こうから出てくるっていうか」

それらはすべて、私の見ていたスケッチブックの中に登場していたものたちだった。

「猫の視点っていうのは、ありそうでない視点よね。新鮮だと思う」

「僕、猫が大好きだから、それはきっと僕の視点でもあるんだと思うんですけど、でも僕は、本当は、なんというか、もっと大きなものを描きたいんです。ちまちました自己満足的な世界じゃなくて、感傷的な世界じゃなくて、もっと大きなものを」

虚を衝《つ》かれて、私は思わず、彼の顔を見た。

彼はそのときうつむいて、膝の上か、そこに置かれている自分の手を見つめていた。

「大きなもの……」

「果てしないものというか。悠久の世界というか。無限の広がりのある、今ここにあるこの世界からスコーンと突き抜けたような、途方もなく大きなものを描きたいんです。地球上の景色じゃなくて、宇宙の景色って言いたくなるような、そんなものを、ぐわーんと。そのためには」

「そのためには？」

下手なインタビュアーよろしく、彼の言葉をなぞりながら、いたく感動していた。夢を抱負として語れる若さを、夢見る能力を、この人は持っているんだなと、素直に胸を打たれていた。

仕事に疲れた人、人生に倦《う》んでいる人、何かをあきらめてしまった人たちの乗り合わせている電車の中で、素直な感動を反芻《はんすう》してみる。

かつての私もそうだった。

「編集者として、もっと大きな仕事がしたいんです」と、どこかで誰かに語った記憶がある。「いつか『これが私の編んだ作品です』と胸を張って言えるようなシリーズ物を企画し、編集してみたいんです」と。いつどこで誰に語ったのかも思い出せないけれど、そのような大志を抱いていた日々が確かにあった。

あこがれだった編集という職業が現実の仕事になり、日々の忙しさに埋もれて、すっかり忘れてしまっていた夢の手触り。覚え立ての外国語を初めて使ってみたときのような高揚感。それらは、どんなに長く仕事をつづけていても、決して忘れてはいけないものなのではないだろうか。

忘れかけていたものを自分に思い出させるようにして、ムトくんの言葉を再現してみる。

「そのためにも、行ってみたいと思っているところがあって……それでバイトも必死でやってるんですけど。あ、でも、こんな話、滝野さんには退屈なだけじゃ」

「そんなことない、全然。退屈なわけないじゃない。行ってみたいところ？　それってどこ？　外国なの？」

「はい、あの、アメリカです。アメリカ南西部。滝野さん、ご存じですか？　ユタ州とアリゾナ州とニューメキシコ州にまたがっている広大な沙漠地帯に、ナバホ国っていう、ネイティブアメリカンの自治地区があるんです。その一角にあって、観光地としての名称は、モニュメントバレイっていうんですけど」

「モニュメント、バレイ」

うっすらと名前を耳にした覚えはあったものの、実際にそこがどういう場所なのか、すぐには思い浮かばなかった。

その夜、自宅のパソコンでリサーチをしてみた。写真もたくさん見た。確かに雄大な景色だった。地平線の彼方までつづく赤土の沙漠と、そこにぽつり、ぽつりと浮かんでいるように見える岩山。空と沙漠と岩山だけで構成されている、まさに悠久の世界。野生の馬たちが大地を、風のように駆け抜けている動画もあった。

アメリカ、というよりも、それは宇宙の風景みたいだった。猫の視線で、猫の見ているものを描いている人の心が欲しているのは、こんなにも広くて果てしない世界なのかと、あらためて胸を打たれた。

モニュメントバレイが話題に出たあと、喫茶店での会話は、弾みに弾んだ。

「そういえば、以前つきあっていた人がね……」

気がついたら私は、かつて「自分探し」と称してオーストラリアへ行ってしまった人の話まで披露していた。もちろん、笑い話として。

しかし自分から始めた笑い話は、

「あ、そういえば、そのときの彼ね、今のムトくんと同じ、二十九歳だった」

自分の口から勝手に出た言葉によって、強張ってしまった。

あのときの彼は、二十九歳だった。

もしかしたら彼にも、ムトくんみたいな夢があったのだろうか。そんな思いがちらりと頭のかたすみを過《よぎ》っていった気配があった。ムトくんの夢は応援できるけれど、もしもムトくんが婚約者であったならば、私はその夢を応援できるだろうか。

好きな人の夢を、好きだからこそ応援できるのが真っ当なのか、応援できないことこそが好きである証拠なのか。人を好きになる、ということは、許せることも許せなくなるってこと？

曰く言い難い思いが押し寄せてきて、一瞬、私は押し黙ってしまった。

ムトくんは私の沈黙をほぐすかのように、

「滝野さんを振った人がいたなんて、信じられないです」

と言った。私のためにそう言ってくれた、という気がした。

我に返って、私は笑った。

「敵はオーストラリアだからね。戦えるような相手じゃないよね」

「戦わずして勝つってことも、あるんじゃないですか」

「なるほど、それはいい言葉をもらった」

「誰かが書いてました。正確じゃないけど、優雅な人生が何よりの復讐だって」

「カルヴィン・トムキンズね。優雅な生活が最高の復讐である」

「それです、それです」

私たちはテーブル越しに、今にも手と手を握り合ってしまいそうになっていた。

「大き過ぎて、美し過ぎて、その代償として、途方もなく大きな悲しみをたたえているような景色を見て、景色の中に僕が埋没してしまうくらい見て、圧倒されて、うなだれて、ああ、僕には描けない、こんな世界は、って、こてんぱんに打ちのめされてから、よろよろと立ち上がって、そこから描き始めたいんです。ああ、なんで僕は滝野さんにこんなことを話してるんだろう」

そう言いながら、まぶしそうな目で私を見つめていたムトくんを、私もためらわずに見つめ返していた。

「いいのよ、私でよかったら、なんでも話してみて。芸術論はあんまり得意じゃないけど、仕事論なら任せて。私、三度のごはんよりも仕事が好きだから」

「ああ、僕もそう言えるようになりたいです。絵を仕事にしたいんです。趣味や特技では絶対に終わらせたくなくて」

絶対に、という言葉が胸に響いた。

「下手なたとえで悪いけど、今のムトくんが必要だと思っていることは、ノックアウトされたボクサーが立ち上がって、そこから相手を攻めて、攻めて、打ち倒そうとするような負けん気？　ただし、その相手は自分なのよね」

「その通りです。今の僕には、自分を突き破るための突破口が必要なんです」

そこまで思い出したとき、電車が会社の最寄り駅の西新宿に着いた。ホームに出て、人波に揉まれつつ階段を上がりながら「突破口」について、思いを巡らせていた。

もしも私がその突破口を作ってあげられるとしたら、それはなんだろう。

彼のために、どんなことができるだろう？

ひとまず、知り合いの編集者に連絡を取ってみようかと思っていた。彼のスケッチブックを、児童書のベテラン編集者に見てもらいたい。そうすれば、もっと有効なアドバイスを、実践的な意見を、彼は得られるはずだ。それくらいなら、私にもできる。

ムトくんは、喜んでくれるだろうか。

お礼に食事に誘ってくれるだろうか。

私から誘ってもいいだろうか。

そこから始まる何かがあるだろうか。

何が始まるの。

何かとっても素敵なこと。恋愛？　それとも色恋？

そんな不埒《ふらち》な妄想は、地上に出たとたん、どこかへすっ飛んでいった。まさに雲散霧消とはこのことだ。

できるはずがない、そんなこと。

恋愛も色恋も、私にはできないし、関係ない。第一、面倒だ。

私には仕事があるし、私を守ってくれる家がある。

それ以外に、何が必要なの。若い男にうつつを抜かすなんて、言語道断。婚約を破棄されたとき、心に決めたでしょ。誰がなんと言っても、何を言われようとも、非・恋愛至上主義を貫くんだって。

会社に向かって背筋を伸ばして歩き始めた瞬間、脳内から、女優の台詞のリフレインは消え去っていた。

師も走ると言われる十二月。

雑誌の編集者は、飛ばなくてはならない。走っているだけでは到底こなせない仕事量、いわゆる年末進行が押し寄せてくるからだ。

「滝野さん、これ、お願いします。お目通しの上、ここここに判子を」

「え？　これって何？　それって急ぎ」

「いえ、それほど」

「急ぎじゃないなら、あと回しにして。年明けに必ず目を通すから。判子だけでいいなら、預けておくからあなたが押しておいて」

そこここで似たような会話が交わされるようになる。

オフィス内には終始、殺気立った空気が渦巻いている。年末年始の印刷所の休業に合わせて、早めに入稿しておかなくてはならない原稿やもどしておくべきゲラなどがパソコンにはぎゅうぎゅう詰めに、机の上には山積みになっている。そんなときに限って、締め切りぎりぎりにライターから送られてきた原稿に、取材先から大きなクレームが入って、全面的なやり直しを要求されたりする。ライターに再依頼する気力も時間もないので、ふうふう言いながら自分で書き直す。

殺人的なデスクワークに加えて、日頃からお世話になっている人たちを招いての忘年会や各種パーティにも顔を出さなくてはならない。おまけに、副編集長である私には、来年前半の雑誌の方向性と、売り上げを伸ばすための画期的な戦略を打ち出して年内に社長に提出する、という重たい宿題まで課せられていた。

エレガントなクリスマスイブも、優雅なクリスマスも返上し、脇目もふらず一心不乱に働いて、長距離マラソンを毎日ダッシュで走っているような怒濤《どとう》の日々をなんとか乗り越えて、きょうは十二月二十七日。仕事納めの日だった。

あしたの午前中に予定されている大掃除と簡単な反省会が終われば、あさってから一月五日まではお正月休み。

「お疲れさま！」

「よくがんばったね」

「かんぱーい」

夕方から、会社の近くにあるワインバーを貸し切りにしてもらって「年忘れパーティ」と称する立食形式の飲み会を開いている。

集まったメンバーは二十数人。編集部内の人間とそれぞれが親しくしている外部スタッフだけ。内輪の会である。

宴もたけなわになった頃、村上文香がワイングラスを手にして私のそばにやってきた。

私の方から先に、口を開いた。

「ああ、文香ちゃん、ごめん。鈴木さんのことでしょ？　なかなかお互いの都合が合わなくて、まだ話せていないのよ、年明けまで待ってくれる？　本当にごめん」

拓さんは、この会には来ていない。

彼は三日ほど前からハワイで休暇を過ごしている。なぜか「ひとりで行く」と言っていた。彼には、学生時代に結婚した奥さんがいるはずなのだけれど。

文香は少し酔っているのか、頬を桜色に染めている。

「違うんです。鈴木さんのことじゃないんです。今夜はあいつのことで」

「あいつ」

「あいつと言えばあいつしかいないじゃないですか。金魚のことですよ」

「ムトくん」

自分の声を、まるで他人の声のように聞いている。

そういえば、店内にはムトくんの姿がない。

思い返してみるとここ数日、会社でも彼の姿を見かけなかった。特に気にはしていなかった。そんなことを気にできるような暇なんてなかったし、きっと会議室にこもって、年賀状の宛名書きでもしているのだろうと思っていた。

「ゆうべ電話があったんですけど、あいつ、おとといから四国の親の家にもどってるんですよ」

「そうなの、確か高知だったわね。年末年始は故郷のご両親といっしょに……」

「違うんです！　滝野さん。聞いて下さいよ。あいつったら」

「なんなの、文香ちゃん、妙に荒れてるじゃない？　何かあったの？　ムトくんと」

「あったも何も」

文香は小鼻をひくひくさせながらまくし立てた。

その説明を聞いて、私は少なからずショックを受けた。ムトくんは、里帰りをする前に、編集長に「アルバイトを辞めます」と告げ、高知で新年を迎えたあと、年明け早々、アメリカに行くことになっているという。

「アメリカへ」

と言いながら、思い出している。

ユタ州とアリゾナ州とニューメキシコ州にまたがっている広大な沙漠地帯。ナバホ国という名のネイティブアメリカンの自治地区。その一角にあるモニュメントバレイ。カードがめくれるように浮かんできた地名を、私は口にしなかった。できなかったのだ。

「留学か何かで？」

私はしらばっくれた。

文香は私の目の前で、ワインをぐいっと飲み干した。

「留学じゃないんです。人生修行なんだそうです。もう、いい歳して、何が人生修行なんだか。聞いてあきれるでしょ。期間もね、無期限なんだって。バイトも突然、辞めてしまって、どこまで無責任なんだか。頭に来てるんです、私」

絵本作家になりたいという話は、文香にはしていないのだなと思った。

だからどう、ということはない。ないけれど、あの日、喫茶店のかたすみで、熱く夢を語っていたムトくんの瞳に宿っていた意志の強さをよみがえらせながら、自分の感情を持て余していた。

――大き過ぎて、美し過ぎて、その代償として、途方もなく大きな悲しみをたたえているような景色を見て、景色の中に僕が埋没してしまうくらい見て、圧倒されて、うなだれて、ああ、僕には描けない、こんな世界は、って、こてんぱんに打ちのめされてから、よろよろと立ち上がって、そこから描き始めたいんです。ああ、なんで僕は滝野さんにこんなことを話してるんだろう。

あのあと、社内で何度か、すれ違ったり、顔を合わせたりしたとき、私は「ムトくん、今度また、あの日のつづきをしようね」などと気軽に声をかけ、彼は彼で「はい、ぜひ」と、さわやかな笑顔で答えていたというのに。

私には何も言わないでアメリカ行きを決めてしまったムトくんに対しては「水くさいな」と思っていた。同時に、あの日、私が結果的に彼の背中を押したことになったのだとしたら「うれしいな」と。

ポーカーフェイスで、たずねてみた。

「アメリカで、何をするつもりなのかしら」

「知りません、そんなこと！」

私はあの日、ムトくんにアドバイスをした。

「夢を夢のままで終わらせず、前進させて、具体的な目標に変えていくためにできることがあれば、なんでもやるべきだと私は思う。すぐには役に立たなくても、あとあとになって役に立つってこともあると思う」と。同じことを、言葉を変えて何度も言った。

「ぜひ、大きな世界を見てきて。そのことによって、絵も変わってくるかもしれないでしょ。小さな世界を描いていても、大きな世界を知った上で、小さな世界を描くと、また違った世界が創造できるんじゃないかな」と。

まさかそれがこんなに早く実行に移されるとは、思ってもみなかった。

「年明け早々って、出発はいつなの？　四国からいったん東京へもどってきて、成田から行くわけでしょ」

見送りにでも行くつもりなのだろうか、私は。

「知りません。あんな無責任な奴、縁切りですよ」

「文香ちゃん、寂しいのね、金魚くんに去られてしまって」

「冗談じゃない！　寂しくなんてないですよ。私はただ、アルバイトとして紹介した手前、あいつが突然、辞めてしまったことが許せないんです。勝手な奴！　滝野さんにもご迷惑をかけてしまいますよね。代わりの人も探さなくちゃならないでしょうし。年明け早々、そうでなくてもてんてこ舞いしそうな時期に」

文香は真剣に怒っていた。ぷりぷりした顔が可愛らしかった。やっぱり、この子はムトくんのことを本気で好いているのだろうかと、疑いたくなるほどに。

二次会へは行かないことにして、みんなと別れたあと、路上に立って流しのタクシーを待っているとき、師走の風よりも、自分の胸の中を吹き抜けていくすきま風の方が冷たいと感じていた。

ムトくんは文香に「アメリカへ行く」と教えた。

私には、教えてくれなかった。

当然と言えば、当然のことなのかもしれない。

ムトくんには、私に、アメリカ行きの報告をする義務などない。義理もない。彼にとって私は所詮、その程度の存在。わかっている。わかっているけれど、なぜか、寂しかった。なぜ、寂しいのか。理由を考えるのも煩《わずら》わしい。訳などない。ただ、ほんのちょっと、寂しいだけ。それだけよ。それ以外には、何もない。「今度また、あの日のつづきをしようね」「はい、ぜひ」――。

でもそのつづきはなくなった。それだけよ。

何を期待していたの？　滝野妃斗美、己を知りなさい。

言い聞かせながら、コートの襟を立て、その上からマフラーをぐるぐる巻き直した。

大通りでタクシーを降りて、家のある細い路地に入った直後だった。

助けて。

そんな声が聞こえたような気がした。

この声は？

立ち止まって、耳を澄ました。

あたりをきょろきょろ見回してみた。

助けて、助けて、助けて――

かすかな声だった。息も絶え絶えに、でも命の限り、声は私に呼びかけてくる。助けて、助けて、助けて。

思わず知らずしゃがみ込んで、小さな声に向かって呼びかけてみた。

どうしたの？　こんな寒い夜に。

どこにいるの？　出ておいで、私はここにいるよ。

右手には犬黄楊《いぬつげ》の生け垣が、左手にはブロック塀がある。

生き物が潜んでいるとすれば、それは生け垣の奥にある暗闇の中に違いない。

つかのま、しゃがみ込んだまま、何者かが出てくるのを待った。

何も出てこなかった。声も聞こえなくなった。どこかへ行ってしまったのか。いなくなってしまったのか。助けは要らなくなったのか。

立ち上がって、ふたたび歩き始めようとした足が固まった。

立ったまま、その場から、一歩も動けなくなった。

見ると、私のブーツの左足と右足のあいだに、ふわふわした毛糸の玉がぴたりと収まっているではないか。すっぽりもぐり込んでいる。まるで「ここが僕のねぐらです」と言わんばかりに。

子猫は下から私を見上げて、ひと声「みやあ」と鳴いた。

小さくてまん丸い、ボタンみたいな瞳が黄金色にきらめいている。

なんなの、この子は！

みゃあみゃあみゃあ——

「助けて」は「連れて帰って」に変わっている。

きみ、どこから来たの？

誰かに捨てられたの？　ひとりぼっちなの？　おなかが空いているの？

連れて帰って。

私たちは、互いに互いを見つめ合った。

じっと、じっと、見つめ合った。

目が離せない。

ああ、もうだめだと思った。

これは運命の出会いだ。

この運命に逆らうことができる人がいるなら、会ってみたい。

数週間前に最終チェックをしたゲラに出てきた、女優の言葉が浮かび上がってくる。

その台詞を強調するために「ゴチ」と、赤字でゴチック体指示を入れたのは、私だった。「運命の恋を信じますか」というライターの質問に対して、彼女はこんな答えを返していた。

——信じるわ。運命の恋はね、拾うものなの。落ちるものじゃないの。落ちて、溺れるものじゃない。小さな種を拾って、大切に育てていくの。慈しんであげるの。そうすれば、小さな種でも、りっぱな大木に育っていくのよ。運命というのは、小さな拾い物のようなものなの。

第五章　イエネコ・イエオンナ

あなたが猫の主人なのではない。猫があなたのご主人様なのです。
小判でも、真珠でも念仏でも、いくらでもあげる。
そこにいてくれるだけでいい。お昼寝してくれてるだけで。
猫と暮らす喜びは、召し使いになる喜び。
幸せは猫に始まり、猫に終わる。
猫は猫にして猫にあらず、猫は愛なのである。

そうなのよ、と、私は大きくうなずく。

なんて言い得て妙なんだろう。

休日の午後、リビングルームで紅茶を飲みながら、膝の上に広げているのは「ドリームカタログ」のバックナンバー。

一年ほど前に、私自身が企画立案した巻頭特集ページ。その名も「猫とふたり暮らし」の中で、愛猫家の著名人五人にインタビューして構成した記事。その見出しをつけたのも、私だった。

しかし当時は、これらの言葉の本当の意味は、私にはわかっていなかった。

猫と暮らす喜びがなぜ、召し使いになる喜びなのか。編集部内にいる猫好きたちが「わかる」「わかるわかる」「ほんと、そうなのよねー」と、瞳を輝かせるたびに「そう「そういうものなのか」「そこまで言うか」「ほんとにそうなのか」と、内心では首をかしげていたのだった。

私はどちらかといえば、犬派だったと言える。

実家でもその昔、犬を飼っていた。ご近所で生まれた子犬を母がもらってきて飼い始めた。名前はミッキー。雑種だったけれど、小型犬の血が混じっているのか、ちっちゃくて、ころころしていて、愛くるしいという形容詞がぴったり当てはまるような子だった。

でも五年も経たないうちに死んでしまった。原因不明の突然死。ある朝、起きて庭に出てみると、きのうまで元気いっぱい走り回っていた子がつめたく硬くなっていた。

小学生だった私も弟も、目が溶けてなくなってしまいそうになるくらい、泣いた。父も泣いていた。父の涙を目にしたのは、そのときが最初で最後だった。以来、うちではペットは飼っていない。

私が猫特集を提案したのは単に、過去のデータをもとにして、巻頭に猫を出せば売り上げが伸びるとわかっていたからだ。

〈自己中心主義は返上し、きょうからわたしも猫中心主義。〉

あの頃はわからなかった「猫名言」の意味が今はことごとくわかる。かゆいところに手が届くかのように。どうしてここまで手に取るように理解できる。わかるの？　と言いたくなるほどに。「そう、そう、そうなのよ」と、首が痛くなるくらい、うなずきたくなる。

「なんて、なんて、可愛いの。きみがここに、こうして、いてくれるだけで私は幸せよ」

とろけそうになっている気持ちを、声には出さず、舌の上で転がしてみる。

私のすぐそばで、お気に入りのクッション――リビングルームに置いてある大小さまざまなクッションのうち、いちばんセンスがよくて、素敵なデザインのものを選んでいるところが心憎い――に身を沈め、すやすやお昼寝中の猫に向かって。

どうしてこんなに可愛いの。

想像もしていなかった。

こんな小さな生き物が私を骨抜きに、めろめろにしてくれるなんて。

これこそが恋だわ、などと思いながら、私は目尻を下げている。二十代の頃の恋愛では決して味わえなかった喜びを、猫が与えてくれるとは。

猫と恋の共通点とは？　と、寝顔を見ながら、思いを巡らせる。

たとえば、可愛さ余って、思い切りぎゅっと抱きしめたくなって抱き上げると、その軽さに胸がきゅんとする。こんなにふわふわで、こんなに軽いんだ。今にも壊れてしまいそうな気がして、そっと床に下ろす。そんな私をきょとんとした瞳で見上げている、そのつぶらな瞳にまた胸が締めつけられてしまう。この「胸」の有り様はそのまんま恋だと思う。

そして、恋をすると、好きな人のなんでもない仕草に魅了されてしまうのと同じように、このごろの私は、猫の一挙一動から目を離せなくなっている。

たとえば、空になったごはんのお皿――手持ちの小皿のうち、いちばん高級なものを猫用にした――の前に、お行儀よく座って、私が気づくまでおとなしく、静かにじっと待っている姿。

そうかと思うと、山盛りになっているごはんには口をつけず、前足の爪で周辺の壁をかりかりかり引っ掻く真似をしている。どういうことなのかと思って猫の本で調べてみたところ、これは、壁土を落としてまずいごはんを埋めています、というパフォーマンスらしい。

私のおなかの上にのっかって、前足をたんとんたんとんとリズミカルに動かす、名づけて「ふみふみ」は、生まれたばかりの子猫時代、お母さんにお乳をせがんでいた行為の記憶のなせるわざ。

今は、前足で頭を抱え込むようにして、小さな体をしっぽで巻き込むようにして、まん丸な形になって寝ている。

アルマジロみたいなその形が可愛い。

寝顔も可愛いけれど、寝息も可愛い。

寝顔を見つめながら、髭の数を数えている私。ちゃんと二十四本あるかどうか。あれっ、一本足りない。もう一度、数え直す。ああ、馬鹿みたい。

これがきっと、親馬鹿という状態なんだろう。

知らなかった。猫の親馬鹿って、こんなにも気持ちのいいものだったんだ。

きょうは日曜だから、朝から晩まで家にいて、一日中「猫親馬鹿」をしていられる。

ああ、幸せ。幸せって、猫の形をしているものだったんだ。

猫がうちにやってきて以来、まるで覚めない夢を見ているような生活がつづいている。

本を読んでいても、料理をしていても、猫がそばにいてくれるというだけで、笑顔になってしまう。

猫の好きな人たちはみんな、手放しで共感してくれた。

「そうなんです、滝野さん、猫ってそうなんです。望むことは、なんでもしてあげたくなるでしょ？　猫と暮らす喜びは、尽くす喜びなんです。あれも欲しい、これも欲しいじゃなくて、あれもしてあげる、これもしてあげる」

猫のいない家なんて、家じゃない。

猫のいない人生なんて、人生じゃない。

猫のいない幸せなんて、幸せじゃない。

ほんと、その通りだ！

とても幸せな日曜の昼下がり「ドリームカタログ」通称「ドリカタ」のページをめくりながら、猫親馬鹿な私は「うちの子」のために買ってあげたい猫グッズを見つくろっている。かつて自分の手で編集した特集記事がこんなにも役に立つとは、思ってもいなかった。

キャットタワー。猫の秘密基地。猫の魔法の館。魚釣りセット。森林浴セット。追いかけっこセット。かくれんぼセット。ボール遊び。

ページから顔を上げて、家の中を見渡してみる。

ここ、リビングルームのまんなかにキャットタワーを置いて、階段の横に秘密基地を置いて、キッチンには魔法の館を置いてあげようか。

いや、秘密基地は、二階がいいかもしれない。二階のフローリングの部屋。猫専用のベッドはもちろん、私のベッドのそばに。もう一台は、仕事机の下、つまり、私の足もとに置いてあげた方がいいかも？　私がデスクでパソコンを操作したり、なんらかの作業をしたりしているときには、必ずと言っていいほど、私の足もとにやってきて、まん丸くなるから。

ふと、私は思う。

もしかしたらこの家が猫を、私の幸運を、呼び寄せてくれたのかもしれない。

あるいは、引っ越してまもない頃、近くの鷲神社で盛大に催されていた酉の市で買った、幸運を掻き寄せる熊手が功を奏したのだろうか。

こうして改めて見てみると、この家の間取りは最初から、猫を迎え入れるために設計されているかのようではないか。

一階の広いスペース――廊下とリビングルームとダイニングルームがひとつづきになっている――では、猫が自由に走り回れるし、一階には庭が、二階にはベランダがある。

どちらも高い塀とフェンスで囲われている。だから、この子を外に出してあげても大丈夫だ。

二階建ての家にして、本当によかった。だって、この子は階段の昇り降りが大好きなんだもの。

お昼寝から目を覚ましたら、階段で追いかけっこをして遊んであげよう。トムとジェリーごっこ。もちろん私はお尻に紐をつけて、追いかけられるねずみの役。

追いかけっこはだいたい、途中からかくれんぼになる。壁に立てかけたクッションのうしろにもぐりこんで、上手に隠れているつもりの猫を「あれっ、どこに行っちゃったのかなぁ」と、懸命に探すふりをする私。

想像するだけで、楽しくなってくる。

やれやれ、また猫親馬鹿になっている。

と、そのとき、アルマジロの形が崩れて、猫が目を覚ました。

「あ、起きたの？　ミルク、飲む？」

自分の体のいったいどこから、こんなにも甘い声が出るのかとあきれてしまう。

付箋のいっぱい立った雑誌を絨毯の上に置いて、私は立ち上がった。

お昼寝から目を覚まして毛づくろいを始めたうちの子のために、人肌程度にあたためた猫用のミルクを用意してあげようと思っている。

立ち上がった瞬間、こんな猫名言——またの名を黄金の猫言葉という——が天井から降りてきた。

〈猫との出会いは事件なのである。〉

あれはまさに事件だった、としか言いようがない。

私の人生をドラマティックに変えた事件は、今から一カ月ほど前、去年の暮れの忘年会の帰りに起こった。

家の近くまで帰ってきたとき、私のブーツの左足と右足のあいだにすっぽりもぐり込んで、そこから私を見上げて「みやあ」とひと声、鳴いた子猫。

鳴き声にうながされて抱き上げてみれば、元気そうに聞こえた声とは裏腹に、痩せこけて、がりがりだった。生まれてから、まだ半年も経っていないのではないか。毛も汚れているし、目のまわりには目脂《めやに》がこびりついている。もう何日も、何も食べていないのは明らかだ。手のひらに、か細い骨の当たる感触がある。

それだけで、胸がずきーんとした。

こんなにも風の冷たい、しんしん、じゃなくて、じんじん、底冷えのする夜に、こんなところで、夜を明かせるはずがない。放っておいたら、凍え死んでしまう。大通りに出たら、車に撥《は》ねられてしまう。連れて帰るしかない。あとのことは、あとで考えればいい。今にして思えば、抱き上げたときから「この子はうちの子」と、すでに決めていたような気もする。

生まれたときから野良猫だったのではなくて、もともとは誰かの飼い猫だったのに捨てられたのではないかと思えたのは、私に対して、まるで警戒心を抱いていなかったから。そのことが、いっそう哀れでならない。誰がこんな可愛い子猫を捨てたのか。それとも、なんらかの事情があって、それまで住んでいた家から逃げ出したのか？　あるいは、帰りたいけれど、家の場所がわからなくなってしまったのか。

うちに連れて帰り、お湯に浸したタオルで体を拭いてやると、こげ茶に見えていた毛の色はあたたかみのあるチャコールグレイで、毛がすっかり乾くと、ふわふわの長毛だということがわかった。

なんてきれいな子なんだろうと、見惚れた。

出会った瞬間、男の子だと直感したのは、正解だった。

瞳の色は、太陽の金色。

子猫はしっぽをぴんと立てたまま、しばらくのあいだ、リビングルームとダイニングルームを行き来しながら、家の中を探検するかのように歩き回っていた。物怖じすることもなく「ここは僕のおうちです」と言いたげに。

私は冷蔵庫の中からミルクを取り出して、お鍋でちょっとあたためてから小皿に入れて、キッチンの床の上に置いてあげた。

子猫はすっ飛んできて、ものすごい勢いでミルクを舐めた。よほどおなかがすいていたのだろう。

「もっと欲しい？」

声をかけると、子猫はごろごろごろごろ喉笛を鳴らしながら、私の足首に頬をこすりつけてきた。こすりつけてはすっと離れ、すっと離れてはまたこすりつける。私の両足のあいだで、8の字を描くようにしながら。

これまで猫を飼ったこともなければ、猫と触れ合ったこともない私にも、すぐにわかった。これは喜びと親愛の表現なのだと。

思わず抱き上げて、自分の額を猫の額にこすりつけていた。体が勝手に動いて、そのようにしていた。きっと、私からも愛の表現を返したかったのだろう。

事件だな、と思ったのは、そのときだった。

この子はこの家に、私の人生に、雷みたいに落ちてきてくれた。

だから名前は「雷ちゃん」に決まった。

抱きしめたまま、

「ライちゃん」

と、呼びかけてみた。

子猫は私に応えて、ごろごろひゅるひゅる喉を鳴らしつづけている。瞳をうれし涙で潤ませて。まるで、愛のかたまりを抱きしめているようだと思った。

「もう大丈夫だよ。安心して。きょうからきみはうちの子だよ」

その夜は、二階でベッドを共にした。

私はお布団の中、雷ちゃんはベッドカバーの上。

翌朝、目覚めたとき、雷ちゃんは私の枕のそばにちょこんと座って、おとなしく、私が起きるのを待っていた。

朝ごはんもいっしょに食べた。私は、カフェオレとトーストとフルーツサラダとスクランブルエッグ。雷ちゃんは、ミルクに浸したパン。

「おいしい？」

「もっと食べる？」

「あとでもっとおいしいもの、買ってきてあげるね」

そんなふうにして、雷ちゃんと私のふたり暮らしは始まったのだった。

年末年始は、実家へは帰らなかった。

「たまっている仕事を片づけたいの」と言い訳をした。

今までにも何度か、友だちと温泉旅行に出かけて帰らないことはあったので、特に小言は言われなかった。もっとも「帰っておいで」と言われたって、帰るつもりなど毛頭なかった。だいたい三十五歳の女が年末年始を実家で過ごさなくてはならないなんて、どう考えてもおかしい。うるさい弟からいやなことをいろいろ言われて、新年早々、落ち込みたくもない。

とはいえ、実のところ、里帰りどころではなかったのだ。

閉まっているお店も多かったので、台東区と荒川区内を東奔西走して、雷ちゃんの生活用品を揃えた。猫用のトイレ、砂、スコップ、猫のごはん各種、猫のおもちゃ各種、猫のハーブ各種、爪切り、ブラシ、歯ブラシ、段ボールでできた爪研ぎ用の装置、移動用のキャリーなどなど。幸いなことに、雑誌の取材や特集で、猫グッズについてはすっかりくわしくなっていたので、何から何まで抜かりなくととのえることができた。

年明けには獣医さんに連れていって、健康状態をチェックしてもらった。同時に、病院の掲示板に貼り出されていた「迷い猫、探しています」の情報もくまなくチェックした。雷ちゃんを探している人は、いなかった。

栄養不足で痩せてはいたものの、悪いところはどこにもなかった。耳には嚙まれた痕があり、背中と前脚にもかすり傷のようなものが何カ所かあったらしいが、それらはほとんど自然治癒している、とのことだった。

「今は推定、生後五カ月か六カ月くらいでしょうか。ですので、一、二カ月以内くらいに去勢させた方がよろしいかと思います。予約されますか」

医師の柔らかな口調の底には、有無を言わせぬ芯のようなものが秘められていた。

去勢についても事前に調べてあったので、そう言われることは予想していた。おす猫は生後九カ月から一年で成熟し、発情する。最初の発情が起こる前に去勢をしておくのがいい。去勢をしたおす猫は一生、子猫のような無邪気な性格を持ちつづける。すべて、知識としては心得ていた。

「賛否両論あるかと思いますが、僕としては、猫界全体の幸せのためにも去勢をおすすめします。ただし去勢をしたら、終生、責任を持って手もとに置き、我が子のように大切にし、可愛がっていただかなくてはなりません。家の外には出さないで下さい。猫は自分のテリトリーにいるのがいちばん安心できるんです。狭いか広いかは、まったく関係ありません」

いっさい悩まなかった、と言えば、それは嘘になる。

去勢とはすなわち、雷ちゃんという「野性」を、人の力でコントロールして「家猫」にしてしまう、ということを意味している。

それでも獣医のすすめに従うことにした。それは本当に雷ちゃんの幸せのためなのかと問われたら、私にはどう答えたらいいのかわからないけれど、それでも、雷ちゃんを私の家族として家に迎え入れ、一生いっしょに暮らしていきたいという強い意志があった。

私はまだ三十五歳。不慮の事故にさえ遭わなければ、この子の一生にじゅうぶん寄り添っていける。

「はい、一生そばに置いて大切にします」

「では、受付で予約をなさって下さい。誓約書もお渡ししておきます。おす猫は入院する必要はありません。その日のうちに帰れます」

去勢手術を受けさせる前に、飼い主は誓約書に署名し、判を押すことになっていた。「手術中、万が一のことが起こっても、病院の責任は問えない」という項目もあった。去勢をさせた猫は「家の外には出さないように」という項目もあった。外に出すと、未去勢のおす猫から喧嘩をふっかけられて、大けがをすることがあるから、とのことだった。

実家の家族には、猫を飼い始めたことは内緒にしておいた。

当面のあいだは、いや、ばれるまでは、内緒にしておこうと思っている。家を買っただけでも「これでまた縁遠くなったな」と、いやみを言われた弟に、猫を迎え入れたとなると何を言われるか、想像もしたくない。

元日の朝、母からかかってきた電話で言われた。

「ひとりで寂しく過ごしているんでしょ？　なんならあした、早織さんと、おちびちゃんたちを連れて、そっちへ行こうか？　お雑煮、作りに行ってあげようか」

「ありがとう。気持ちだけいただいておく。実はあしたもあさってても約束があるの。しあさってからはお店も忙しくなるでしょ。無理しなくていいから」

やんわりと断って電話を切ってから、ふと気づいたことがあった。

不思議だ。

これまでは、年末年始の休暇がやってくるたびに、胸の中がすぅすぅするような心もとなさを味わってきた。なぜなら、年末年始というのは、やたらに家族や夫婦の団欒《だんらん》が強調されるから。つまり、ひとり暮らしの女性にとって、年末年始は自分の孤独を強調される時期なのだ。私みたいに、たとえ帰るべき実家があっても、それは同じこと。

それなのに今年は、あの妙な心もとなさをまったく感じなかった。

自分の持ち家で迎える年末年始だったからだろうか。

そうではない。

自分の家に、自分の家族が一匹、いてくれるからだ。

キッチンに立ったまま、私はふり返って、雷ちゃんの姿——今は、アクロバットみたいな格好になって、しっぽを舐めている——をうっとり見つめながら、やっぱり「不思議だ」と思っている。

こんな小さな生き物に、こんなにも大きな力が宿っているなんて。

これはマジックだ。これは愛のマジックだ。こんなにも小さくて軽くて、ふわふわしてあたたかくて、やんちゃで愛情深くて、野性味たっぷりの美しい生き物がただそばにいてくれるだけで、人はこんなにも満たされて、こんなにも幸せになれるものなのだ。

これが魔法でなくて、いったいなんなのか。

猫名言がまたひとつ、加わる。

〈猫は愛の魔術師なのである。〉

「……先輩の女性社員たちがさんざん苦労して、辛酸を嘗《な》めつつ築き上げてきた『女性の時代』を、二十代、三十代の女性たちがきらきら輝きながら闊歩《かっぽ》しているのかというと、それはちょっと違うのかもしれない、というのが現実じゃないかと思うんです。私自身、二十代後半であるわけですが、思うに、昔に比べたら女性にとって働きやすい社会や時代が到来している、ということは頭ではわかっていても、その有り難みというか、真価が今ひとつわかっていないために、漠然とした不安ばかりが募るんですね。そこでその『働く女性の不安な胸の内』を直撃するような特集企画を考えてみました。今までのドリカタにはあまり出てこなかった、女性の生き方、働き方、それについての問題意識の提示、という方向性を打ち出してみたいと思います。二十代から五十代くらいまでの働く女性たちに取材し、できれば何号か連続して……」

一月の月例ミーティング。

四月号の企画会議。

四人の女性編集スタッフのうち、最年少の真咲《まさき》、こと、村上《むらかみ》真咲が新企画の提案をしている。このあと、みんなで意見交換をすることになっている。

企画書をぱらぱらめくりながら、私は考えを巡らせている。

女性の生き方？　働き方？　問題意識の提示？

そもそも、カタログショッピングを好む女性たちがこんな辛口な特集記事に反応するとは思えない。思えないけれど、だからこそ斬新だとも言えるのか。

企画書はとてもわかりやすく、理路整然とまとめられている。統計やデータも添えられている。几帳面な真咲の性格がよく表れている。

企画書によると、今の若い女性たちは、三つの落とし穴にはまっているという。

落とし穴その（1）――職業選択の不自由。職業を自由に選べているようで、実は選べていない。夢や希望や野心（＝先輩たちの世代にはこれがありましたよね？）よりも、生活の安定、保障、金銭的な保身などが、職業選択の基準になっている。その背景には、結婚が生活の安定には結びつかないという現実がある。

落とし穴その（2）――理想と現実のギャップ。雑誌に載っているようなきらきらした世界（たとえば、仕事で自己実現している理想の女性像など）が身近に多くあり過ぎるため、そうではない現実の自分に対して、劣等感を抱いてしまう。SNSなどもこの現象に加担している。つまり、SNS上にきらきら女性があふれているだけに、そのギャップに悩む人が増えている。昔はSNSなんてなかったから、きらきらは今みたいに目に入ってこなかった。

落とし穴その（3）――仕事と家庭の両立。独身の先輩からは「仕事だけでは幸せになれないよ」と言われ、既婚の先輩からは「仕事と家庭の両立は大変よ」と言われ、じゃあどうすればいいの？　と思ってしまう。「結婚しないと行き遅れるよ」という警告におののき「結婚はまだしも、子どもを産んだら、女は本当に大変なのよ」という経験談に不安に駆られる。つまり、既婚も未婚もいばらの道ではないかと思えてしまう。

目を通しながら私は、何度も何度も読まされてきて、いい加減、読み飽きてしまった雑誌の記事を読まされているような気分に陥っている。

それとは裏腹に、真咲の口調はいっそう熱を帯びてきている。

「……つまりですね、男女平等が表面上、一応は実現してしまった社会だからこそ、何をやるのもあなたの自由なんだよ、と言われるような社会だからこそ、生きづらくなり、不安が増し、女性たちは閉塞感を抱いているのではないでしょうか。編集長の世代の方々にしてみれば『もう、何を悩んでいるのよ！　そんなんじゃ、私たちが苦労して勝ち取ってきたものが全然、活かせてないじゃないの！』とおっしゃりたくなるかもしれませんが。主婦層にはキャリアウーマンへのあこがれがある一方で、本当にやりたいことややるべき仕事が見つけられないという不満があり、既婚の働く女性は、仕事、家事、育児に忙殺されており、夫の協力が得られない場合、途方に暮れてしまっている。独身の働く女性は、私もそうなんですけど、家庭を持つことへの羨望と不安にがんじがらめになっている。そして、みんな、最終的には出産と育児にどう向き合うか、という悩みですね。『女性の時代』が到来して、このような悩みが一見、解決していくかのように見えていたのに、ふたをあけてみれば、昔と同じようなことで、みんなぐるぐる悩んでいるわけです。チャンスが広がり、選択肢も増え、やろうと思えばなんでもできる時代になってきているだけに、悩みが深くなっているとも言えるのかなと思いました。編集長、五十代の働く女性として、いかがでしょうか」

編集長の声が妙に遠くから聞こえてくる。

「要は、私たちの世代には戦う相手が見えていて、戦う相手としての確固たる男性社会があった。ところが今は、戦わずして手に入るものばかりがある。未来も可能性も、とても豊かそうに見える。そうであるがゆえに、女性たちは迷い、悩み、挙げ句の果てにはみずからガラスの天井を作って、そこに頭をぶつけているということかしら」

「そうなんです。その通りなんです」

「言わんとすることは非常によくわかるけど、そのテーマと商品をどう結びつけていくの」

「そこなんです。私もその部分について、みなさんのご意見を伺いたくて」

誰かが言った。男性の声だった。

「指南書の書籍紹介で行くかな。女性の生き方がテーマになっている名著百選とか」

「いいですね。たとえば、世界各国の女性の生き方本みたいなのを載せるとか」

「著名人のインタビュー記事と組み合わせて、書店さんと提携を結んで、フェア展開をお願いする」

「あ、それいいですね。書店さんを巻き込みましょう。『働く女性に優しいブックフェア』なんてどうでしょう」

「優しいっていうのは、もう時代遅れかも」

「それと、著名人インタビューだと、そのまんま落とし穴その（2）にはまってしまうんじゃない？」

「なるほど、じゃあ、普通の人インタビューで行きますか」

「しかし……」

「だけど……」

「いっそのこと……」

いつのまにか、みんなの声をバックグラウンドミュージックにして、私は窓の外を流れてゆく雲の観賞に夢中になっている。会議室は高層ビルの十五階にあるので、空と雲を眺めるのに、これ以上、格好の場所はない。

眺めながら、私は白昼夢を見ている。

あ、あれは、雷ちゃんのしっぽ。

雷ちゃんのしっぽがぱたぱたしてる。

しっぽがちぎれて、雷ちゃんの耳になった。

ああ、あれは雷ちゃんが香箱を作っているところ。

箱が崩れて、雷ちゃんがごろーんごろーんしてる。

雷ちゃん、雷ちゃん、今ごろどうしているかな。

ひとりで、寂しがっていないかな。

ああ、早く家に帰って雷ちゃんに会いたい！

雷ちゃん、雷ちゃん、雷ちゃん——

「滝野さん、副編、滝野さん！」

陽だまりの中でうたた寝をしながら、心地好い夢を見ているまっさいちゅうに突然、肩をつつかれて起こされたような気がした。

「あ、はい、なんでしょう」

「滝野さん、さっきから黙ってらっしゃいますが、どう思われますか？　悩める若き羊たちみたいな女性と、男性社会と戦って女の生き方を確立してきた四十代以上の狼女性の、ちょうどまんなかにいらっしゃる滝野さんは」

羊と狼のまんなかの世代は、猫にうつつを抜かしている。

今、みんなに私の心の中が透けて見えたら、どんなに驚くことだろうと思った。

私が頼りになる先輩キャリアウーマン、などではなくて、イエの中にいることに無上の喜びを感じるオンナ、すなわちイエオンナと化してしまっていることを知ったら。

申し分なくお天気のいい日、一階の奥にある庭に出て、くじらの形をした浮雲を眺めながら、洗濯物を丁寧に干していると、いつのまにか雷ちゃんが私の足もとに来ていて、干したばかりのシャツの裾に前足をのばして、懸命に引っ張ろうとしている。何をしているつもりなのか、もしかしたら、私を手伝おうとしてくれているのか。

そうかと思えば、私の呼びかけにも応じないで、窓辺に佇んだまま、外を見るでもなく、何かをじっと考え込んでいることもある。まるで哲学者みたいに。

本を読んでいても、料理をしていても、お風呂に入っていても、雷ちゃんがいる、というだけで、家の中には特別な時間が流れている。

幸せな時間というのは、こういう時間のことなのだ。

覚めない夢を見ているような時間。

これはお金では買えない幸せだ。

仕事からも、恋人からも、おそらく結婚からも得られない。

あのね、女の幸せというのはね、イエオンナ&イエネコ、この組み合わせに限るのよ。

そんな不謹慎なことを思いながら、私は居住まいを正した。

ミーティングの流れと残り時間からして、みんなは私の「まとめの言葉」を求めているのだとわかる。まとめが私の役割なのだということも承知している。

私はその役割を忠実にこなす。

「女性の生き方と関連書籍の特集。素晴らしいと思います。選りすぐりの書店さんと提携を結んで、フェア展開で進めましょう。著者インタビューも組み込みたいですね。たとえば、ちょうど新刊を出されたばかりの著者と版元を巻き込めば、いっそう華やかになると思います。そうね、四月、五月と連続企画で行きますか。となると、新入社員に向けたビジネスグッズ特集もセカンドとして組めますね。うん、これで決まり！　悩める若き女性たちに希望の光を与えてあげられるような、あるいは、活を入れられるような特集ページにしましょう。タイトルは『女性が一生、気持ちよく働きつづけていくためのバイブル』なんてどうかしら」

いっせいに拍手が起こった。


「ライちゃん、ただいまー。遅くなってごめんね」

退社間際にどうしてもあとまわしにできない用件が発生し、やむなく一時間だけ残業をしたあと、脱兎のごとく帰宅した私を、雷ちゃんは、玄関の上《あ》がり框《かまち》の上にちょこんと座って出迎えてくれている。

まるで猫の置物みたいに愛らしい。

「ただいま、ライちゃん、会いたかったよ。元気だった？」

左肩に掛けていたバッグと、右肘に掛けていたエコバッグ――駅前のスーパーマーケットに立ち寄って買ってきた食材が入っている――と、右手で握っていた郵便物の束を、同時にばさっと床の上に落として、両手で雷ちゃんを抱き上げる。

干し草みたいな匂いのする小さな獣を、思うさま抱きしめる。

雷ちゃんもごろごろごろごろ喉を鳴らしてくれている。喜んでくれているのだとわかる。その喜びが私にも伝染してくる。

私もごろごろごろごろ言いたくなる。私は雷女か。

抱きしめたまま、キッチンへ行って、雷ちゃんのごはん皿を確認する。

朝、出がけに盛りつけておいたドライフードは半分ほど減っていた。なんとはなしに安心して、雷ちゃんを床の上に下ろす。お皿が空になっていたら「足りなかったのか」と心配になるし、そのまま残っていたら「どこか調子が悪いのか」と心配になる。だから、半分くらい残っているのがベストな状態。

「きょうは生鮭を買ってきたの。お魚を焼いてあげるね」

夕飯はいつもふたりでいっしょに食べる。

私がごはんを食べ始めると、雷ちゃんはどこにいてもすっ飛んできて、自分もいっしょにぽりぽりかりかり、ドライフードをかじり始める。

ドライフードだけでは味気ないだろうと思って、焼き魚の身をほぐして、いちばん美味しそうなところを雷ちゃんのために取り分けてあげる。私はその残りを、大根おろしとポン酢で食す。

雷ちゃんと暮らすようになってから、魚をよく食べるようになった。

鮭の切り身を専用のグリルに入れ、食卓をざっとととのえてから「あ、そうだ、郵便物」と思い出して、投げ出したままになっていた郵便物の束を手に取った。

請求書、ダイレクトメール、ちらし、どうでもいいような郵便物に交じって一通だけ、趣の異なる葉書があった。

まるで異邦人みたいな佇まいの絵葉書。

裏面の写真のまんなかには「WINSLOW ☆ ARIZONA」と、大文字のアルファベットが並んでいる。よく見るとそれは、壁にペンキで描かれた文字なのだとわかる。文字の下には、大きな飾り窓がふたつ。左側の窓には赤いピックアップトラックの絵が、右側の窓にはギターの絵が描かれている。壁は赤煉瓦造り。屋根の上からライトが垂れ下がっている。空は紺色に近いブルー。日本では見かけることのないマリンブルーの空。

ウィンズロウ・アリゾナ。

アリゾナ州か。アメリカか。アリゾナと言えば――

はっとして表に返すと、こんな文面が目に飛び込んできた。

〈やっとアリゾナ州までたどりつきました。メキシカンレストランのテーブルの上で書いています。元気です。滝野さんのおかげで、ここまで来ることができました。あした、モニュメントバレイに向かいます。ムト〉

スペースいっぱいに、のびやかに枝葉をのばしたような文字で、たったそれだけの文章が書かれていた。

「ムトくん」

久しぶりにその名前をつぶやいた。

そういえば、喫茶店「コルドンブルー」でお茶を飲んだとき、私たちは自宅の住所を交換し合ったのだった。ムトくんが「教えて下さい」って言ったから。

あのとき「アメリカから、絵葉書でも送ってくれるの」と、戯れに言った私に対して「必ず書きます。約束します」と、ムトくんは真顔で答えた。

約束を果たしてくれたんだな、と思った。

布ではなくてビニールのテーブルクロスの掛かった場末のレストランのテーブルの上で、注文した料理が届くまでの時間を使って、埃をかぶった絵葉書の埃を払ったあと、背中を丸めて左手でボールペンを握りしめて、葉書をしたためている男の子の姿を思い浮かべてみた。その姿に、いつだったか、都電荒川線の線路脇の路上に座り込んで、一心にスケッチブックに絵を描いていた、左利きの男の子を重ね合わせてみる。

遠いな、と、宛名に添えられている「JAPAN」という文字を見つめて思った。

アリゾナは遠い。

でも、ムトくんはもっと遠い。

ついこのあいだまでいっしょに仕事をしていたのに、ついこのあいだ、近くの喫茶店で話し込んだこともあったのに、ムトくんは遠い。なんだか、銀河系の彼方に行ってしまったようだ。

もしも雷ちゃんがうちに来てくれていなかったら、おそらく私は、この葉書に心を揺さぶられていたのかもしれない。素直に喜んだのかもしれないし、この遠さを「せつないな」と感じたのかもしれない。

――でも僕は、本当は、なんというか、もっと大きなものを描きたいんです。ちまちました自己満足的な世界じゃなくて、感傷的な世界じゃなくて、もっと大きなものを。――大き過ぎて、美し過ぎて、その代償として、途方もなく大きな悲しみをたたえているような景色を見て、景色の中に僕が埋没してしまうくらい見て、圧倒されて、うなだれて、ああ、僕には描けない、こんな世界は、って、こてんぱんに打ちのめされてから、よろよろと立ち上がって、そこから描き始めたいんです。ああ、なんで僕は滝野さんにこんなことを話してるんだろう。

初めて聞かされたときには、心がふるえた。心に張ってある弦の一本が弾《はじ》かれて、思いがけない音を出した。

そんなふうに思えたムトくんの言葉が今はただただ遠い。

風に流されてどんどんちぎれていく雲みたいに。列車に乗っているとき、うしろへうしろへ去っていく景色みたいに、ムトくんは私から遠ざかっていったのだと思った。

絵葉書を手にしたまま「終わった」という気持ちを味わっていた。

何も始まっていないのに、終わったと感じるのは変だ。

でも、そう感じていた。今の私は、雷ちゃんという近景に包まれて、遠景のことなど考えることもできないのだと思った。そう、私の心は雷ちゃんに占領されているから、ほかの誰かが入ってくるすきまなんて、一センチもないのだ。

ムトくんから絵葉書が届いて、一カ月あまりが過ぎた。

近所の公園では満開だった梅が散り、桜のつぼみが膨らみ始めている。

うちの一階の奥にある庭では、弟夫婦からもらった鉢植えの柚子の枝先に、新しい葉が出始めている。プランターの中では、雷ちゃんのために植えた、キャットミントと折り鶴蘭の苗がすくすく育っている。

仕事からもどり、いつものように雷ちゃんといっしょに「魚定食」の夕ご飯を食べ、お風呂を済ませてパジャマに着替えて、リビングルームでのんびり読書——今、夢中になっているのは、かつて父の蔵書だった内田百閒の『ノラや』——をしていると、玄関のチャイムが鳴った。

時計を見ると、九時を少し回っている。

こんな時間に突然、うちを訪ねてくる人も業者もまずいない。

私も驚いたけれど、雷ちゃんもチャイムの音に驚いて、あわてて二階に駆け上がっていった。宅配便の人が来たときなどにも、同じようにする。二階に上がった雷ちゃんは、私のベッドの下に隠れる。それが雷ちゃんの、危険から身を守る方法なのだろう。「猫忍法」と、私は名づけている。身のこなしと走り方が忍者そのものだから。

誰だろう、こんな時間に。

思うと同時に「もしかして」という仮定が天井から降ってきた。

ムトくん?

嘘でしょ、まさか、ありえない。

ありえないけれど、ムトくんはこの家の住所と場所を知っている。

公園でメロンパンを食べて、近くの喫茶店で話し込んだあと、ぶらぶら歩いて、この家の前まで連れてきた。ムトくんが「滝野さんのお城を見てみたい」と言ったから。

「ここよ」と私は言い、そのあとに「よかったらもう一杯、コーヒーでも飲んでいく?」と言いそうになる気持ちをぐっと呑み込んだ。

気軽にそう誘うことによって、距離は一気に縮まるだろうけれど、同時に、要らぬ誤解を招くかもしれないと思った。ムトくんを男として意識していないという誤解と、意識しているという誤解。誤解されてもいい、あるいはいっそ、誤解されたい。誤解から始まる何かがあるかもしれない、あるいは、始まって欲しいという願望。すべてを呑み込んで、踏みとどまった。

踏みとどまったことを、あとで何度、後悔したことか。

アリゾナ州からもどってきたムトくんが、ここへ?

そういえば、おじいさんとおばあさんの家は浅草にあるって、言ってた。

そこを訪ねた帰りに、ここに？

まさか、ありえない。ありえないけれど――

そうであって欲しいという気持ちと、そうであって欲しくないという気持ちが、胸の中でせめぎ合っている。そうであって欲しくない気持ちを裏返せば、そこには、そうであって欲しい気持ちが貼りついている。猫が大好きなんです、と言っていたムトくんに、雷ちゃんを引き合わせたい、びっくりさせたい、そんな気持ちも湧いてくる。

遠景だった人が急に近景に変わって、自分でも驚くほど、戸惑っている。しかしこの戸惑いは決して、悪い感じじゃない。

パジャマの上にロングカーディガンを羽織ってボタンを留め、手櫛ですばやく髪をととのえてから、玄関のドアの前に立って声をかけた。

「どちらさまですか」

三秒後、意外な声が返ってきた。

「おねえさん……妃斗美さん、夜分おそくにごめんなさい」

勢いよくあけたドアの向こうに立っていたのは、義理の妹の早織さんだった。

第六章　愛を飼う

みなさん
ノラちゃんという猫を
さがしてください！
その猫がいるらしい所は麹町あたりです。ねこの毛色はうす赤のトラブチで白い毛の方が多く、しっぽは太くて先の方が少しまがっていて、さわってみればわかります。鼻の先にうすいシミがあります。左のほっぺたの上にゆびさきくらい毛をぬかれたあとがあります。「ノラや」と呼べばすぐ返事をします。もしその猫を見つけたら、

内田百閒の著した「愛猫喪失日記」とも言える『ノラや』をちょうどそこまで読んだとき、玄関のチャイムが鳴って、義理の妹の早織さんがうちを訪ねてきたのだった。

「うわぁ、びっくりした、早織ちゃん。どうしたの？　こんな時間に。同窓会か何か？　都内に用事でもあったの？　ひとり？　わかった、友だちの結婚式」

矢継ぎ早にたずねながら「入って、早く」とうながしたのは、三月だというのに外には冷たい夜風がひゅんひゅん吹いていたから。

「あ、はい、いえ、すみません」

早織さんはワンピースの裾をひるがえすようにして中に入り、玄関のドアを閉めると、ふたたび謝った。

「いきなり来てしまって、申し訳ないです。事前にメールか電話するべきなのに、ごめんなさい。電気が点いていなかったら、あきらめるつもりで……」

同窓会か、結婚式の披露宴の二次会の帰りなのかなと思ったのは、ファッションと髪型のせい。ひとつにぎゅっと縛っているか、引っ詰めてお団子を作っているか、味気ないいつもの髪型ではなくて、ストレートのロングヘアを下ろして、きれいにブローしてある。草色のスプリングコートの下からは、襟もとにオーガンジーをあしらった、エレガントな浅葱《あさぎ》色のワンピースがのぞいている。

「とりあえず、上がって。お茶くらい飲む時間はあるんでしょ」

「あ、はい、いえ、あの……」

いつものちゃきちゃきした口調とはまったく違って、歯切れの悪い受け答えをくり返す早織さんを目の当たりにして、私はまず「純と喧嘩でもしたかな」と推察した。連絡もなしで、いきなり訪ねてくるなんて、そうとしか思えないではないか。それに、今までは、早織さんがひとりで都内に出てくることは滅多になかった。いや、一度もなかったかもしれない。

ピンヒールに近いハイヒール——色はバッグと同じベージュ——を脱いで、きちんと揃えてから、早織さんは一段あがったところにある廊下に立った。その瞬間、ラベンダー系の香りがふわっとあたりに漂った。いつもの乳臭い香りではない。

うちの一階全体を視界に入れてから、彼女は小さなため息をついた。

「素敵なおうち、妃斗美さんらしいセンス、想像していた通り」

そう言ったあと、早口でつづけた。

「写真家の友だちの個展が神田であって、そのオープニングパーティの帰りなんです」

「純は今どこに？」

そうか、パーティには純といっしょに参加し、終わったあと早織さんだけが私に会いに来てくれ、一時間後くらいにふたりは上野かどこかで待ち合わせて、いっしょに成田へ帰るつもりなんだな、と、私の推察は変化した。

ふたりには、共通の友だちが多い。

「ひとりで来ました。純くんには、おねえさんのところへ行くって言ってません」

「えっ、そうなの？　でもパーティまでは、いっしょだったんでしょ」

「いえ、パーティへもひとりで。パーティのことは言ってあります。そのあと、おねえさんのところへ行くとは」

「そうね、そんなこと言ったら『行くな』って、あいつなら止めるかも。そんなところへ行かずに、さっさと帰ってこいって」

笑いながらそう言って、早織さんのコートを預かり、リビングルームに案内して、ソファー代わりのクッションをすすめた。それからキッチンに立って、お湯を沸かし始めた。

「すぐにわかった？　ここ」

早織さんが知っているのは、うちの住所だけだ。

「ちょっと迷いました。スマホのナビだと、大通りと家の前の通りの角までしか、たどり着けなくて」

「そうでしょう？　電話一本くれたら、すぐに駅まで迎えに行ったのに」

「いえ、そんなことは。私が勝手に押しかけたんですから、おねえさん、すみません、いきなり来てしまって」

　早織さんはさっきから、謝ってばかりいる。純とのあいだに何かあったな、私はすでにそう確信している。

「謝らなくていいのよ。早織ちゃんは妹なんだから。身内なんだから」

　カモミールとレモンピールのハーブティを淹《い》れようと思って、ポットを取り出した私の背中に、今にも消え入りそうな声が降りかかってきた。

「妃斗美さん、今夜ここに、泊めてもらえないでしょうか。ひと晩だけでいいんです」

　やっぱりそういうことか、と、思った。純が何かひどいことをしたんだな。「パーティなんかへ行くな」って言ったのか。「行くなら、もう帰ってくるな」とか。

　私はふり返って、わざと普通の笑顔を作り、わざと普通の声を出した。

「泊まっていくのは全然かまわないけど、鈴ちゃんや明くんたちは、大丈夫なの？　みんなに泊まるって言ってきたの」

　きょうは金曜日だ。土日は観光客が増えるから、お店はとても忙しくなる。彼女がうちに泊まったら、当然のことながら、ふたりの子どもたちの世話は純か、母がしなくてはならなくなる。上の女の子は二歳半で、下の男の子はまだ一歳にもなっていない。純にはせいぜい一時間が限度だろう。ふたりが同時に泣き出したりしたら、母でも途方に暮れてしまうくらい大変なのだから。

「いえ」

「だったら、ひとまず電話しておかなきゃね。あしたの朝、いちばんの電車で帰る？　いちばんは早すぎるから、二番でいいか」

ダイニングテーブルの上に置いてあるスマートフォンを、取り上げようとしている私を制するかのように首をふりながら、

「違うんです」

強い口調で早織さんは言った。

「何が違うの？　いったいどうしたの」

驚いて訊き返すと、彼女は意を決したような面持ちになった。喉に詰まった感情の塊を押し流すかのようにして、ひとこと。

「私、家出しようと思ってるんです」

「いえで」

ちょうどそのとき手にしていたカップを、私は落としそうになった。あまりの驚きについ、笑いが出てしまう。

「ちょっと待って。今、天と地が逆さになったじゃない。どうしよう、やめて」

シリアスな場面の衝撃をひとまず笑いとジョークでごまかして、ワンクッションを置く。これは、社会人になってから身につけた処世術みたいなもの。

早織さんは、私の笑いに気持ちがほぐれたのか、一気に言い放った。

「写真家のパーティは、隠れ蓑《みの》なんです。出てくる前から、心に決めてました。今夜は家に帰るつもりはありません。今夜だけここに泊めてもらえたら、あとのことは自分でなんとかします。子どもたちのことも責任を持ってちゃんと。母親ですから」

一瞬だけ、間《ま》があいた。

しかし、私が口をはさむ余地はなかった。

「ほんとは、こんなことになる前に、妃斗美さんに相談すればよかったのかもしれないけど、相談したら、止められるかもしれないと思ったし。私、昔からそうなんです。先に行動してしまってから、あとから考えるたちっていうのか。それもあるけど、今のままじゃあ、救いも出口も見えなくて。壁を突き破るためにはまず家を出なくちゃと思って……」

途中からふるえ始めていた声がそこで、涙声に変わった。

「そうでもしないと、私、これ以上、今の状態に我慢できなくて……」

冷静に、冷静に、と、私は自分に言い聞かせている。こういうときには、私が興奮したら、状況は悪化するだけだ。

「わかった。ちゃんと順番に話してみて。ふたりのあいだで何があったのか、最初から順番に。言っておくけど、私は間違いなく、純じゃなくて、早織ちゃんの味方だから、だから心配しないでなんでも言って」

それは、心からの言葉だった。弟が時代遅れの亭主関白で、いまだに男尊女卑の考え方の持ち主であることは、この私が誰よりもよく承知している。独身を通している私を「あいつは女じゃない」と言って憚《はばか》らない男なのだ。

あたたかいハーブティを飲みながら、早織さんが打ち明けた話をまとめると、こうなる。

彼女は中・高校時代から、ファッション業界に興味があり、女子短大では服飾学を専攻していて、将来は「ファッションショーの企画をする」仕事に就きたいと、ひそかに思ってきたという。その後、高校時代からつきあっていた純からプロポーズされ、短大を中退して結婚・出産をし、結婚と同時に、店の仕事をするようになった。

ここから先は、私のまったく知らない話だったのだけれど、結婚する前から、純とはこんな約束をしていたという。

「子どもを保育園に預けられるようになったら、私はもう一度、短大に復学して、ファッション関係の勉強をつづければいいって。だから私、ずっとそのつもりで……それなのに……」

なるほど、それはじゅうぶんにありえる話だと思った。

早織さんが純に、そろそろ「あの約束」を実行に移したいと言ったときの弟の反応が目に見えるようだった。純は「そんな約束をした覚えはない。だいたい、子どもがふたりもいるのに、子どもみたいなことを言うな」と早織さんを突き放し、厳しく叱責したという。おそらく純は、結婚して子どもを作ってしまえば、彼女の夢なんて、あっけなく霧散してしまうに違いないと高をくっていたのだろう。

「夢じゃなかったんです。あれは、私の目標だったんです。今だって、目標です。純くんのことが好きだったから結婚したけれど、今も嫌いになったわけじゃないけど、私には私の目標があって、それに向かって少しずつ努力していきたいと思っていて……このままじゃ、いやなんです。このままずっと、家とお店の中だけの世界で生きていくなんて」

「気持ちはわかる。わかるけど、まだ明男くんは」

赤ん坊ではないか。今すぐ家を出るなんて、いくらなんでもそれは性急すぎないか。

「わがままだってことは、私がいちばんよくわかっています。わかってるけど、わかってるけど……」

とうとう彼女は泣き崩れてしまった。

真摯に、将来設計について話す早織さんに向かって、弟の吐いた暴言が、まるで自分がそう言われたかのように、耳もとまで聞こえてきそうだった。「母親だろ？　おまえの仕事は、家庭と子どもを守ることじゃないか！」とか「甘ったれたことを言うな、だから女は使い物にならないんだ」とかなんとか。

それにしても、と、私は自分の考えと人を見る目の甘さを思い知らされていた。彼女が純と結婚することになったときから「この人はこのまますんなりお店の若女将に収まるつもりなんだ」と思い込んでしまっていた。それで満足できる人なんだ、と。つまり私は純と同じで、彼女の目標や意志に無自覚だった。職場では偉そうに「女性と仕事」や「女性の働き方」について企画を立てたり、議論したりしているというのに、灯台もと暗しとはこのことだと思った。それにしても「悩める若き女性たちに希望の光を与えてあげられるような、あるいは、活を入れられるような特集ページ」のタイトルが「女性が一生、気持ちよく働きつづけていくためのバイブル」だなんて、いったいどこの誰が考えたのか。

私は自分を恥じながら、

「早織ちゃん、大丈夫よ」

立ち上がって、早織さんの座っているクッションのそばに座り直し、横から彼女の肩を抱き寄せた。それから背中を優しくさすってあげた。

同じ働く女性として、彼女の目標を応援してあげたいと思っている。彼女には、うなぎ屋の若女将よりも、ファッションショーのクリエイターの方がずっとお似合いだ。それに、彼女が今、店でやっている仕事は、アルバイトやパートの従業員でもできることばかりだ。

ふと、ムトくんの目標を思い出す。

――僕、絵本作家を目指してるんです。

きっぱりとそう言い切ったときの、澄み切った瞳がまぶしくて、私は思わず目を細めてしまった――。

ムトくんも早織さんも、夢を夢で終わらせまいとして、そこへ向かって進んでいこうとしている。現にムトくんはアメリカへ行った。早織さんだって、進むべきだ。子どもがいても、頭の固い夫がいても。

でも、義理の姉としては、今はとりあえず、突然の家出を食い止めなくては。

彼女にとっては決して、突然ではないのだろうけれど。

「早織ちゃん、事情はよくわかった。もっと早くに教えてくれてたら、とは思うけど、でも、今、教えてもらえてよかった。大丈夫。私からも純にきっちり話してあげる。うまく行くかどうかはわからないけど、思いっきり、お灸《きゅう》を据えてやる。社会に出て働きたいって気持ちは、誰よりもこの私がよく理解できているつもりよ。母親になったから、ずっと家にいなきゃいけないなんて、いまどき、そんな考え方をしているあいつこそ、頭の中は黴《かび》だらけの化け物みたいなものよ。早織ちゃんが社会に出てがんばっている姿を見せてあげたら、ふたりの子どもたちだってりっぱに育つはず。母を味方につければ、きっとうまく行くと思う。説得には時間がかかるかもしれないけど、あきらめないで。だから」

そのあとに、私はこう言った。

かわいそうだけれど、これは言わなくてはならないことだと思いながら。

「だから今夜は、家に帰りなさい。ここに泊まっちゃだめよ。外泊なんてしたら、かえって純の思う壺。既成事実が逆効果になることもある。もしも本気で家出をしたいのなら、純と話し合ってからにしなさい。こんな形で、当てつけるようにして事を進めていくのはよくない。せいぜい『これは育児放棄だ。おまえはわがままで、自分勝手で、母親失格だ』なんて責められるだけよ」

早織さんは黙ってうなずいた。

「いい？　純はね、外国人みたいなものなの。わかるでしょ？　私やあなたとは、話している言語が異なっているの。普通に話しても、話が通じないって思ってた方がいいの。若いくせに保守的で、時代錯誤な男なんだから」

とはいえ、早織さんが好きになってくれた男なのだから、いいところだって、あるに違いない。一応そこはフォローしておかなくては、と口を開きかけるよりも先に、早織さんが言った。

「はい、でも、いいところもあります。ああ見えて、優しいんですよね。動物が出てくる映画とか見て、泣いたりしてることもあるし」
「そうそう、純が幼稚園に通ってた頃、亀を飼っててね、その亀が死んでしまったとき
なんか、もう、号泣だもん。お不動様の池から一匹、盗んできてやろうかと本気で思っ
たわよ。蟻とか蜂とか、小さな生き物でもすごく大事にしてるよね、虫も殺さない男っ
ていうか。そういうところは私も好きなの」
早織さんの顔に、笑みがもどってきた。

空になっているカップとポットを手に立ち上がり、流しに置いてから、スマホを操作
して、京成電鉄の時刻表を画面に呼び出した。
成田エクスプレスの最終はもう出てしまっている。京成電車のイブニングライナーは
遅くまで走っている。しかも、成田空港までの直行ではなくて、成田駅でも停まる。
運よく、上野発十一時の電車があった。それに乗れば、成田には十二時過ぎに着く。
駅まで純に迎えに来させればいい。
「ここから上野までは、私がタクシーで送っていくわ。ね、いっしょに行きましょう。
今夜ちゃんと帰っておいた方がこのあとの話し合いもうまく行くはずよ。話をこじらせ
たらかえって損。敵に、あなたを攻撃する材料を与えてしまうようなものでしょ」
「どうしても、帰らなきゃだめですかね……ひと晩だけここに泊めてもらって、ひと晩

だけ敵をこらしめてやって、あしたの朝」

いつのまにか、純が「敵」に変わっている。でもそれはどこか、親しみの滲んだ響きを持っている。

涙の跡をぬぐいながら早織さんが「あしたの朝」と言ったとき、タン、タン、タン、タンと、軽快な足音を響かせて、雷ちゃんが二階から一階へ降りてきた。

「あっ！　猫だ！　猫ちゃんがいる！」

早織さんは弾かれたようにクッションから離れて、雷ちゃんの方へ二、三歩、歩み寄っていった。

雷ちゃんはその場に立ち止まって、しっぽをぴんと立てたまま、早織さんの顔を見上げている。まるでこの人物は「だいじょうぶか、だいじょうぶじゃないか」と、見定めようとしているかのように。

「ライちゃん、この人はね、早織ちゃん。私の妹よ」

私が雷ちゃんにそう言うのと、雷ちゃんの判断が下ったのは、ほぼ同時だった。

雷ちゃんは早織さんにそろそろと近づいていきて、彼女の足首にそっと頬を寄せた。早織さんが身内だということを、匂いと感触で確かめようとしているようだった。

「わー知らなかった。妃斗美さん、猫を飼ってたんだー、私もね、猫が大好きで、うちの実家にも猫がいたんですよ。マイちゃんっていう女の子。病気で死んじゃったんですけど。この子の名前、ライちゃんなんですか？　わー、マイちゃんとライちゃん、きょうだいみたい。ライちゃん、ライちゃん、おいでー、なぜなぜしてあげる。あ、いやか？　いやだよねー、よその人に撫でられるなんてね」

今までめそめそ泣いていたのが嘘だったかのように、早織さんは雷ちゃんに夢中になっている。本当に、猫というのはすごい力を持っているものだと、私は半ばあきれながら感心している。

「男の子の猫って、可愛いだけじゃなくて、風格がありますね。猫って、猫じゃないんですよね。生きて動いてる愛なんです。マイちゃんがいた頃、そう思ってました。猫を飼ってるんじゃなくて、愛を飼ってるんですよね」

「あ、それって、猫名言。メモしておかなきゃ」

雷ちゃんを抱き上げて、早織さんに見せてあげながら、私は「ドリカタでまた猫特集しなくちゃ」なんて、仕事のことを考えている。猫特集だけじゃない。早織さんのさっきの身の上話は「続・女性の生き方特集」でも活かせそう。

雷ちゃんは、私の腕の中で早織さんに頭を撫でられながら、ごろごろごろごろ喉を鳴らし始めた。早織さんのことを完全に「いい人」と、断定したみたいだ。

「抱いてみる？」

「いいんですかー」

早織さんは私から受け取った雷ちゃんを抱いて、しばらくのあいだ、雷ちゃんと会話をしながら、戯れていた。早織さんの胸の中に垂れ下がっていた、先の尖った氷柱《つらら》を、雷ちゃんが解かしているようだと思った。まさに、猫の魔法で。

早織さんと雷ちゃんが遊んでいるあいだに、二階に上がって、身支度をととのえてきた。ついでにタクシーも呼んだ。

「じゃ、そろそろ行こうか」

「はい」

「じゃあ、純に電話しておきなさい。遅くなったけど、今から帰りますって。パーティのあと、うちに寄ってたって言えば、パーフェクトよ。早織ちゃんの目標実現に向けては、しっかりと戦略を練ってから、行動を起こせばいい。私、全面的に協力するから」

「ありがとうございます」

私は早織さんを上野駅まで送り届け、彼女の乗ったイブニングライナーが発車するのを見届けてから、純に駄目押しの電話をかけておいた。こんなに遅くなったのは、私が引き止めて、ついおしゃべりをし過ぎたせいだと謝っておいた。

「だから、怒るんなら、私に怒ってよね」

「わかりました。心配して損した。以後、気をつけてくれよ」

「何よ、偉そうに。じゃあね」

まるで、迷い猫になる寸前のノラちゃんを確保して、おうちに帰してあげることに成功したような気分だった。

けれども、家に帰りついて、早織さんの置き忘れていった小さなレースのハンカチ――涙で湿っていた――を見つけて手に取ったとき、胸の奥につーんと疼痛《とうつう》を感じた。

「いざとなったら、別れてでも」

「離婚なんて、だめよ。悲し過ぎるわ。私に説得できるかどうか、わからないけれど、とにかく一生懸命、言って聞かせるから。だからお願い、離婚なんて考えないで。そんなことになったら、鈴ちゃんと明くんがかわいそう」

リビングルームにまだ色濃く残っている、会話の断片を思い出した。

「離婚」という言葉が彼女の口から出たのではなくて、私の口から出てしまったことが悔やまれた。

あんなこと、言わなきゃよかった。

いくら純の頭が固いからと言って、幼い子どもたちのことを思えば、軽々しく口にしていい言葉じゃない。

どんなに思い悩んで、悩んだ末に悲壮な決意をして、今夜ここへ来たことだろう。幼子をふたりも抱えている義理の妹が迷いながら、葛藤の渦に巻き込まれながら、それでも私を頼って、ここまで訪ねてきた、というのに。

　こんなにもあっさりと、家に帰してしまって、本当によかったのだろうか。本来なら、最初に泣きついていくべき実家のご両親は、早織さんが小学生の頃に離婚している。以来、彼女はお母さんと暮らしていたけれど、そのお母さんとの関係は決して良好なものではないと聞いている。

　だから、思い余って、私のところへ来た。

　それなのに、すげなく帰してしまった。

　私のしたことは、彼女をいっそう、孤立無援の状態に追い込む結果を招いたのではないか。私も結局、純と同じように、目標に向かって羽ばたきたいと思っている早織さんの、出鼻をくじいてしまったことにはならないだろうか。ものわかりのよさそうな姉の顔をして、その実、彼女が家出をして、実家やお店がごちゃごちゃしてしまうことを恐れているだけではないのか。

　これでよかったのだろうか。


「よかったんだよ、それで。滝ちゃんのやったことは、間違ってない。モト夫として、そう思う。俺は男として、旦那の立場に立てるからさ。予告もなしにひと晩、これ見よがしに外泊されると、それなりに頭に来るだろ。滝ちゃんが言った通り、これだから女は自分勝手でヒステリックなんだよなって、まず思う。そう思われたら、彼女が余計に不利になる。彼女の社会復帰に関する話し合いも、うまく行かなくなる。だから、滝ちゃんの判断と行動は正しかったんだよ、うん」

大きくうなずきながら、拓さんはそう言った。

「それにさ、弟さんの話も一度、聞いてみるべきだな。夫婦の問題っていうのはさ、片側からだけではなくて、常に両側から見なくてはならない」

「それって、管理職セミナーで教わった項目にもあったなぁ」

「いや、俺もさ、カウンセラーから、そう言われたんだよな。自分の方からだけじゃなくて、相手の方からも見てみろって」

「拓さん、カウンセリングなんて、受けてたんだ」

「まあね、どうせ別れるなら、きれいに別れたいと思ってさ」

カメラマンのスズタク、こと、鈴木拓哉と私は、谷中銀座にほど近い閑静な住宅街の中に埋もれるようにして、夜だけこっそり明かりを灯している隠れ家みたいなバー「オル・サバンナ」のカウンターのすみっこに、肩を並べて座っている。

拓さんはバーボンソーダ、私はモスコミュールを飲みながら。

去年の秋、ドリカタの「下町特集」の仕事で、この界隈の取材をしているときに見つけたお店。「オル」は英単語「オールド」の略語。つまり店の名前は「古いサバンナ」

ということになる。「昔のサバンナ」だろうか。

壁やドアには、ライオンの写真が飾られている。ライオンの家族、ライオンの姉妹、ライオンの子どもたち、雄ライオンの顔のアップ。どれもモノクロで、わざと昔の写真みたいな焼き方をしていて、アンティーク風な銀色のフレームがはまっている。「古き良き時代の草原のライオン」というイメージ。

いつか飲みに来てみたいと思っていた。

正直に言うと、ムトくんと。

猫好き男のムトくんと、ここで並んで、ライオンの写真を見ながら、お酒を飲んでみたかった。「知ってる? ライオンってね、ネコ科の動物の中では唯一、社会性のある猫なんだよ」なんて言いながら。

まさか猫嫌いの拓さんと来ることになろうとは、思ってもみなかった。

夕方から夜にかけて、拓さんはアシスタント数人といっしょに社内のスタジオにこもって、宝石の物撮りの仕事をしていた。私はこの「ジュエリー特集」の責任者だったので、ときどきスタジオをのぞいていた。借りている宝石類は、午後七時きっかりに返却する約束になっていたので、この仕事は、時間との勝負とも言えた。

終了予定時間の五分前にすべての撮影を終えた拓さんを誘ったのは、私だった。

拓さんだけじゃなくて、関係者全員を誘ったのだけれど、ほかの人には先約などがあって、拓さんと私、ふたりで飲みに行くことになったのだった。

拓さんとこうして、ふたりで飲むのは、何年ぶりのことだろう。四年前？　五年前？　もっと前かな。婚約破棄の傷がまだ完全には癒えていない頃だったから。

会社や取材先ではしょっちゅう顔を合わせているし、年明け早々には、用事があって会社を訪ねてきた、ハワイ帰りの拓さんをつかまえて、ランチを食べに行った。村上文香から頼まれていた「例の話」をするために。だからあれは、ビジネスランチだったと言える。

去年、取材のスタッフやモデルから、こんな苦情――撮影時間の超過が目に余る――が寄せられていたんだけど、と、単刀直入に用件を切り出した私に対して、拓さんは「それは俺が悪かった」と素直に、全面的に自分の非を認めた。

「本当に申し訳なかった。反省してる。これからは絶対にそういうことがないように心して励むから、許してやってよ。文香たちにも俺から謝っておく」

真顔でそう言って、私に向かって頭を下げたあと、声をひそめてこうつづけた。

「いやー、滝ちゃんだから正直に話すけど、家庭内でいろいろあってさ、ほんと、頭に来ることばっかりで、毎日むしゃくしゃしてたんだ、特に去年の夏から秋にかけて。こんなことじゃ、いい仕事ができないと、内心いらいら焦ってばかりいたから、それで何度も撮り直しをしてしまって、そのせいで時間切れになりそうで……でも仕事の質は絶対に落とせないだろ。だからいやが上にもいらいらして、悪循環だった。だけど、もうすっきり片づいたから、これからはまわりに迷惑をかけないようにするよ。な、俺のこと信じてくれる？」

信じます、と、私は答えた。

写真家としての拓さんの腕や、仕事に対する姿勢については、これまでの仕事ぶりや作品を見てきて、私なりに理解しているつもりだった。決して、色眼鏡をかけて見ているわけではなく。公正に、ニュートラルに。だから、夏から秋にかけての悪循環の理由を聞かされたときにも、同情こそすれ、同情以上の気持ちは抱かなかった。

バーボンソーダの入ったグラスを揺らして、氷の音を立てながら、

「久しぶりだね、こうして滝ちゃんとふたりっきりで飲むのは」

まるで私の胸の中を透視しているかのように、拓さんは言った。「ふたりっきり」のところをちょっと強めに。

「ほんとね」

素っ気なく答えながらも、私の気持ちは目の前のモスコミュールと同じ、淡い黄緑色

に染まっている。

あのときと同じだ、かれこれ五、六年ほど前と同じ。

そう思ってから、打ち消す。あのときはもっと濃かった。もっとどきどきしていたし、もっともやもやしていた。この人から誘われて食事に行って、食事のあと飲みに行き、酔った勢いで、婚約を破棄された話をこの人にしてしまい、慰められ肩を抱かれ——でも、踏みとどまったのだ。

拓さんには、奥さんがいたから。

婚約破棄をされた女が不倫の恋をしてどうなる？

そんなことをしたら、泥沼から這い上がったあと、崖からまっさかさまに転落するようなものじゃないか、と思って。

「報告が遅くなったけど、俺、離婚、正式に成立したからさ。今夜はその報告も兼ねて、俺からきちんと誘おうと思ってたんだよ、実は」

ひとりごとをつぶやくようにして、拓さんはそう言った。

「だから、滝ちゃんから誘われたときには、以心伝心かと思った」

そう来たか。そう来るか。

「ほかの奴らが全員、都合が悪かったのは、俺の念力で追っ払ったってこと」

モスコミュールのグラスの中で、氷がカランと音を立てた。

私の心臓も高鳴った。記憶の湖の中で、小魚が跳ねた。でも決して、心が跳ねたわけじゃない。あくまでも氷が音を立てて、記憶の中の「アクシデント」が跳ねただけ。その程度には、冷静でいられた。

「そうだったの」

小さく、私はうなずいた。ここで何か、気の利いたジョークでも言えたらいいのだろう。残念ながら、そういうセンスは持ち合わせていない。離婚が成立したから、ひとりでハワイへ行っていたんだな、と思った。自分を慰めるために？　でもハワイ旅行のことを口にするのはなぜか、ためらわれた。なぜか。

つかのまの沈黙。

拓さんは未来を、私は過去を思っているかのような。

店のドアがあいて、会社員と思しき男たちが三人、わらわらと入ってきた。外の空気と仕事の気配がさぁっとあたりに漂った。おかげで、沈黙が気まずさに変わらないで済んだ。

拓さんはサラリーマンたちにちらりと目をやり、

「晴れて自由な身になったぞ。誰と何をしようと俺の勝手だ。うぉー、ライオンみたいに吠えたくなる俺」

冗談めかしてそう言ってから、

「そういえば、さっきの話だけどさ」

と、話題を変えた。

ほっとした。正直なところ、離婚のごたごたや別れた奥さんに関する話は、あまり聞きたくなかった。そんな話、私には関係ない、とさえ思っていた。

「さっきの話って」

「だからさ、滝ちゃんの義理の妹さんのことだよ」

「あ、早織ちゃんのことね」

それはこの店に入るなり、私の方から切り出した話題だった。

突然の訪問を受けてから三日。

この三日間ずっと、気になっていたことだったから。

「ついさっき、ぱっと頭に浮かんできたんだけどさ、彼女が滝ちゃんのところを訪ねてきた本当の理由は、将来の仕事の相談なんかじゃなくて、ほんとは恋愛関係だったんじゃないかな。ずばり言ってしまうと、彼女には、好きな男ができた。いや、もしかしたら、前々からいたのかもしれないな。写真の個展会場で、そいつに会ったのかもしれない。いや、もしかしたらその写真家っていうのが意中の男だったりして」

「へえっ」

素っ頓狂な声を出してしまった。

「まさか」

あのときの早織さんの話によれば「パーティに出席して、同年代の友だちがみんなそれぞれに、仕事でばりばり活躍している姿を目の当たりにし、自分だけが所帯じみてくすんでいるように見えた。そのこともあって、これ以上このままじゃいけないと、改めて切実に思った。家出の決意に拍車がかかった」ということだったのだけれど。

「それは違うな。それだけだったら、何も突然、滝ちゃんのところへ行かなくてもいいじゃない？　本気で家出したいんなら、それなりに準備もしていくだろうし、外泊したいだけなら、ビジネスホテルでもなんでもあるだろ」

「確かに……」

「パーティ会場で、何かがあったんだよ。何か心がぐらっとするようなことが。でも踏み越えられなかった。もしも誘われてたとしたら、断った。断ったけど、未練たっぷりで、思いは断ち切れず、まっすぐに旦那のもとへ帰る気になれず、思い余って」

「うちを訪ねてきたってわけ」

そういう気持ちは、わからないわけでもない。現に私だって、前に拓さんと小さなアクシデントを起こした翌日、実家へもどった。実家のごちゃごちゃした空気の中に身を置いておけば、自分の内面で燻っている火をすっかり消せるだろうと思っていた節がある。

「そんなことって……」

と、私が言ったのは、だからうちへ来たことではなくて、彼女に「家出したい」と思えるほどの人がいた、あるいは、パーティ会場でその人とのあいだに何かが起こった、ということに対して、だった。拓さんは、そのつづきをこう言った。

「当然あるだろうよ。母親って言ったって、彼女も女なんだから。きっと、滝ちゃんにどこまで話せばいいのか、心の中ではずっと迷っていたと思うよ。それをただ、仕事の話にすり替えてただけだよ」

私はびっくり仰天していた。

黒かった烏《からす》が白くなった。

そう言われてみると、あの晩の早織さんの様子はまさに「恋する女」のそれであった、とも思えてくる。今にもぽっきりと折れてしまいそうな小枝みたいな雰囲気を漂わせていたし、あのお洒落だって「好きな人に見せたい」という気持ちのなせるわざだったと、思えないことはない。

あの涙だって、あれは、好きな人を想う涙だった？

彼女は私に「どうしても夢をあきらめたくない」と言っていた。私はそれを言葉通りに受け取ってしまったけれど、本当は「この恋をあきらめたくない」という意味だったのか。もしかしたら、彼女の好きな人というのは、ファッションショーのクリエイターになりたいという彼女の目標を、誰よりもよく理解している人だったりして？

だとすると、純には危機が迫っているな、と、私は姉として弟のことを本気で心配し始めている。

「恋に落ちると、女はきりもなく弱くなる。誰かに止めて欲しい。歯止めをかけて欲しい。そうしないと、際限なく落ちていきそうになる。滝ちゃんだって、そういう経験、したことない？」

ない、と言いたいけれど、言えない。

恋をすると女は弱くなる。確かにその通りだと思う。私はそういう弱い自分がいやだから、いやでいやでたまらないから、ひたすら仕事に打ち込んできたんだと思う。仕事は女を強くすると信じて。

そう思う一方で、私はまだ早織さんを信じていた。早織さんは、そんなに柔《やわ》な女じゃない。早織さんは私とは違う。彼女はむしろ私よりも芯がしっかりしている。だからこそ、自分の将来を真剣に考えているからこそ、岩のように頭の固い弟をどう説得すればいいのか、悩んでいるのだ。

そう信じたい。信じたいけれど。

「でも、どうして、拓さんにそんなことがわかるの」

「そりゃあ、わかるさ。だってうちのカミさんも長年、俺の知らないところで……」

そうか、そういうことだったのか。

拓さんは奥さんに裏切られていたのか。私はそれまでてっきり、拓さんが不倫をしたのだと思い込んでいた。

咳払いをひとつして、拓さんは言った。

「だからさ、滝ちゃんが彼女に対してしてあげたことは、正しかったと思うよ。滝ちゃんはおそらく、彼女の歯止めになってあげられたんだと思う。家に帰してやったことも正解だった。彼女は、歯止めを求めてたんだ。だからこそ、滝ちゃんのところを訪ねてきたんだよ。そうじゃなかったら、友だちのところへ行くさ」

「なるほど。私は彼女の夫の姉だから」

「そういうことだ。滝ちゃんの顔を見れば、自分の守るべきもの、壊しちゃいけない家庭が自然と頭に浮かんでくるだろ」

「なるほど」

拓さんの洞察の鋭さに舌を巻いていた。同い年なのに、ここまで人の心を深く読み取れるなんて、これは私が想像している以上に、奥さんとのことで苦労してきたのかもしれないな。

そう思いながらも、早織ちゃんはあなたの奥さんとは違うのよ、と、私は思っている。思いたい、というのが正解か。早織さんは、不倫なんてしない。拓さんの推察は間違っている。拓さんは、別れた奥さんの起こした問題に、引きつけ過ぎているだけ。さっきから一生懸命、自分にそう言い聞かせている。

「滝ちゃんが思ってるほど、女って、底が浅くないものだよ。女の人生は井戸みたいなもの。男よりも深い。男の人生なんてせいぜい、溝だよ」

「うわぁ、名言だ。メモメモ。脳内メモ帳にメモ」

「茶化すなよ」

拓さんは満面に静かな笑みをたたえている。

「すみに置けない」と、私は前々から思っていたことを再確認している。

拓さんは大人だ。大人のかっこよさと、傷ついた男の渋さの両方を、横顔に漂わせている。傷ついた分だけ、かっこよくなったような気もする。

大人の男女が大人の会話を楽しみながら、楽しい時間を過ごしている。ふたりとも、そう感じている。そういう空気に包まれている。いい関係だ。ちょうどいい感じの距離感と親密度。私もいい気分になっている。少なくとも、こういう空気を楽しめるだけの大人になれたんだな、などと思いながら。

それからしばらくのあいだ、拓さんと私は不倫談義に花を咲かせた。

「不倫はさ、よその犬を可愛がっているようなものだと俺は思うんだ。餌も散歩も何もかも飼い主がやってくれる。自分はただ、可愛い可愛いって言って、可愛がっているだけでいいんだ。犬だって、しっぽをふって、いいところだけを見せてりゃいいんだ。楽なもんだよ。でも、病気にかかったらどうする？　獣医に連れていって、お金を払って治療を受けさせてくれるのは、飼い主じゃないか。それでもさ、俺のモト妻はこう言ったんだ。よその人に可愛がられるだけのどこがいけないのって」

私はつい笑ってしまった。

奥さんたら、うまいことを言う、と思って。いつか、ドリカタで「不倫特集」なんてできそう？　でもいったいどんな商品と組み合わせるつもり？

「おまえね、笑わないでくれる？　俺はさ、餌をやって、散歩に連れていって、大事に大事に可愛がってきた犬を泥棒に盗まれた、哀れな飼い主なんだからさ」

ときどき「滝ちゃん」が「おまえ」になる。でも、不思議と今夜は悪い気はしない。

「すみません」

「あいつの捨て台詞はさ『私は犬じゃありません。猫なんです。これ以上、犬小屋に閉じ込められたまま、鎖につながれたままでいたくありません。これからは自由に生きていきたいんです』だってさ。笑わせてくれるじゃないか。結婚は犬で、不倫は猫か？　よく言えたもんだよ」

拓さんの心の傷は癒えているんだな、と、私にはわかった。癒えているからこそ、奥さんのことを許しているからこそ、こんなふうにおもしろおかしく話ができるのだ。かつての私も、そうだった。婚約を破棄した彼のことを、憎々しげに、ジョークを交えて他人に話せるようになったとき初めて「ああ、ふっ切ることができたんだな」と自覚した。

不倫談義はいつのまにか、猫談義に変わっていった。

「猫はね、女と同じで、奥が深いの。尽きせぬ魅力があるのよ」

私は、猫を飼い始めた話を得意げに語って聞かせた。鼻の下を伸ばして。猫が私の恋人。家と猫があれば、女は幸せに生きていける。結婚なんて、糞食らえ。私は誰とも結婚しない。調子に乗って、そんなことまで言った。

「ほんとかよ？　そこまでいいか？　俺、猫、苦手だからさ。猫って、何を考えてるか、わからないところ、あるだろ」

「だから、そこが魅力的なのよ」

猫は奥が深い。表裏がある。陰影がある。

たとえば、避けられない残業があって、私が会社から遅く帰ってきたとき、雷ちゃんは心の中ではきっと喜んでくれているはずなのに、その喜びをすぐには表現しないで、最初はつんとして「僕、別に寂しくなんてなかったよ」と言いたげな態度を見せている。けれど、しばらくしてから急に、胸の上に飛び乗ってきて「僕、寂しかった、すごく寂しかったんだよ」と、ふみふみを始めたりする。

私がちょこっと近くの店まで買い物へ行くときなんかには、昼寝から起きてもこないくせに、きょうは出張で帰りが遅くなりそう、という日には、昼寝からむくっと起きてきて、わざわざ玄関の前まで見送りに来てくれる。まるで「行かないで」と言ってるみたいに。きれいな三角錐の形に座って、黄金色の瞳で私を見つめる。その瞳の中に、映っている私がいる。私の瞳に映っているのは、幸福だ。

リビングルームの絨毯の上に腰を下ろして本を読んでいると、コーヒーテーブルの上から私の膝のあたりを目がけて、すとーんと飛び降りてくる雷ちゃん。

パソコンに向かって仕事をしていると、キーボードの真横に陣取って、真剣に画面を見つめている雷ちゃん。「猫は、人が何かに熱中しているとき発する熱を感知し、そのような人のすぐ近くにいたいと思うものなのです」と、ある作家がエッセイに書いていたけど、あれは正しい。

夜、私は布団の中、雷ちゃんはベッドカバーの上で寝るのだけれど、朝、起きたときには、私の胸の上にちょこんと座って、上から私を見下ろしている雷ちゃん。私をノックアウトしてくれる、黄金色のその瞳。私がなかなかベッドから出ようとしないときには、胸の上で逆向きになって、しっぽを左右に動かしながら、私の首をくすぐる。

雷ちゃんがそばにいてくれるだけで、心が満たされている。

家にいて、本を読んでいる。家事をしている。それだけで楽しい。そばに猫が一匹、いてくれるだけで。

私は拓さんが呆れるくらい、猫の魅力を語った。頭の中で雷ちゃんの姿を思い浮かべながら。待っててね、もうじき帰るからね、追いかけっこ、かくれんぼしようね、ごろごろ、ふみふみもしようね。

延々とつづくのろけ話に対して、拓さんも負けずに言い返してくる。

「そうだな、家を買って猫まで飼ったとなれば、それはもう、男が寄りつかなくなるね。ますます縁遠くなったな。そういえば、このあいだ、あの女優がインタビュー中に言ってたけど、滝ちゃんに残された道はせいぜい、都合のいい男を囲うことくらいだな」

「ご忠告ありがとう。お言葉ですが、私が飼っているのは猫じゃなくて、愛ですから」

「ああ、耳が痛《いて》えよ」

拓さんが猫を好きじゃないことは、前々から知っていた。猫特集の仕事を依頼したとき、猫嫌いを理由に、仕事を断ってきたこともあった。

「なんで、嫌いなの？　あんなに可愛い、美しい生き物を。写真家として、そそられないの」

「猫って残酷だろ。子どもの頃、可愛がっていた文鳥をやられたことがあってさ」

バーに入ってくるなり、ライオンの写真を褒めていたくせに。

「ライオンだってね、獲物を捕まえないと、生きていけないじゃない？」

「それとこれとは話が違うだろうよ」

「違わないと思うけど」

「違うよ、それは――」

「浮気と不倫くらいには違うのかも」

「どう違うのさ」

「浮気は楽観主義者、不倫は悲観主義者が使う言葉よ」

「それと、猫とライオンがどう関係してるわけ」

久しぶりに、男の人と楽しいお酒を飲んでいる、という気がしていた。店に入ったときには、一杯だけ飲んで帰ろうと思っていたのに、いつのまにか杯を重ねていた。

三杯目のグラスの残りは、半分を切っていた。

このグラスが空になったら、引き揚げるつもりだった。

壁の時計は九時ちょうど。九時半に店を出てタクシーを拾えば、九時四十分には家にもどれる。十時までには、帰りたい。雷ちゃんと暮らすようになってから、自分で門限を定めている。どんなに楽しい時間を過ごしていても、頭の一点だけは常に冷めている。

それまで、趣味の釣りの話をしていた拓さんは、腕にはめている時計に目をやってから、まっすぐに前を向いたまま言った。

「ところで、滝ちゃん、今つきあっている人とか、好きな人とか、いるの」

「は？　女性週刊誌の取材ですか？　いませんけど、いるかもしれません。いるような気もするけど、いないような気もします、家に帰れば、愛人が待ってます、愛を飼ってますので、なぁんて」

お酒のせいか、舌がなめらかになっていて、あまり深く考えもしないで、すらすらとそんなふうに答えてしまった。本音としては「片思いかもしれない年下の男の子が……いたことはいたんですけど」なんだけれど。

「どっちだよ」

まじめな口調でそう言ったきり、拓さんは押し黙ってしまった。

横顔を盗み見ると、男っぽく削《そ》げた頬の筋肉が固まっている。目も据わっている。どうしたんだろう、急に。

訝《いぶか》しく思っていると、いきなり、左手をぐいっとつかまれた。ちょうどそのとき、私は左手をカウンターの上に置いて、意味もなく指で木目をなぞっていたのだった。

「あ！」

小さくはない声が出てしまった。

カウンターの中にいたバーテンダーの肩がぴくっと動いたのがわかった。でも、バーテンダーはふり返らない。聞こえないふり。それもまた、彼の業務のうちなんだろう。

拓さんは私の左手をつかんだまま、自分の膝の上あたりまで移動させ、握る力をゆるめないまま、言った。

「滝ちゃん、おまえさ、俺のこと、どう思ってんの？　俺はさ、ずっと前から滝ちゃんのこと、俺なりに真剣に考えてきたんだよ。でもアクションを起こす前にはまず、離婚しなきゃって思っててさ。その離婚がやっと成立したんだよ」

まさか、まさか、嘘でしょ。

思いがけない話が目の前で展開し始めている。

「今の俺はさ、おまえにとって都合のいい男になんか、なりたくないんだよ。そういう関係じゃないつきあい方が、できないかなって思ってるんだ。だからさ、だから」

ああ、口説かれているんだ、私。

頭の半分、まだ酔っていない部分でそう自覚しながらも、酔った私は答えた。

「拓さん、酔ってるよ。冗談やめて」

言いながら、左手を思うさま引っ張って、ひとまず拓さんの手から逃れた。

「酔ってない。酔って言えるようなことじゃないだろ」

男の声になっている。性欲が滲んでいる。私が拓さんのことを憎からず思っていなければ、これはりっぱなセクシャルハラスメントだ。でも私は拓さんのことが好きだから、そうはならない。

「俺、結婚してくれとか、同棲してくれとか、面倒なこと言わないからさ。滝ちゃんの仕事の邪魔にもならないからさ、最初はフリーランスな関係でいいから。だけど、遊びじゃいやなんだ。俺が求めているのは、そういう関係じゃないんだ」

だったらどういう関係なの。

「ただの友だちではいたくないんだ。きちんと将来のことも考えて……」

これって、告白なの。

どう答えたらいいんだろう。

それともこの人は、答えなんて、求めていないのだろうか。ただひと夜限りの数時間、心地よい、優しげな、それでいてたっぷりと濃い時間が過ごせたら、それでいいと思っているのだろうか。

それとも、本気で私とつきあいたいと思っているの。

思ってくれているの。

そして私は。

肝心の私はどうなの。

拓さんのことは好き。尊敬もしている。好きで尊敬もしているけれど、それらを超えた関係になりたいと、将来を共にするような間柄になりたいと、私は、私も、思っているの。

突然すぎて、わからない。戸惑っている。揺れている。前後左右に。

「ちょっと、お手洗いに行ってくる」

私はそう言って、スツールから滑り降りた。お手洗いに行きたいわけじゃなかった。でも行かなくてはならないと思っていた。

左手が火照《ほて》っていた。

じんじんしている。握られたばかりの左手だけがむき出しの女になって、発熱している。男の人に手を握られるなんて、欲望を向けられるなんて、何年ぶりのことだろう。片手では数えられないくらい昔のことだ。

お手洗いに行って、ここにもどってくるまでの五分で、この熱を完全に冷ますことができるだろうか。

自分でも自分に自信が持てない。

私はどこへ行こうとしているのか。

入口も出口も見えない。なんだか、内田百閒の迷い猫、ノラちゃんになったような気分だった。

第七章　愛を知る

　よくある話だと人は言う。たいていは批判的な意味をこめて。たとえば悲しい恋を描いた作品に対してよくある話じゃないかと。そうは思わない。よくある話を書いた人はこの世にただひとりしかいない。彼女にとってそれは唯一無二のかけがえのない恋だった。よくある話を書いた人はよくいる作家じゃない。

　朝から社内の応接室にこもって、スマートフォンとにらめっこをしているまっさい中に、学生時代から愛読してきた女性作家のツイートに出会った。

意外だった。デビュー当時から「孤高の作家」と呼ばれてきた彼女がかまびすしいツイッターに登場するはずなどないと思い込んでいたから。

画面を操作して、彼女のツイッターのページを呼び出してみる。最新のものから溯って、順番にひとつずつ、読んでいく。

情報過多、宣伝過多、写真あり動画あり、ぼやきあり呪詛《じゅそ》あり、ハッシュタグと称する検索マークが氾濫し、雑多なツイートがあふれ返っている中で、彼女のページは、まるで森に埋もれて人知れず輝く湖のような静謐《せいひつ》さを漂わせている。

さすがだ。リツイート――他人のツイートをくり返しツイート――せず、あからさまな自著の宣伝もせず、ただ淡々と、詩的な短文を積み重ねていっている。もしかしたらこれは、作家の備忘録みたいなものなのだろうか。少なくとも彼女の場合、ツイッターをコミュニケーションの手段としては使っていないようだ。その証拠に、彼女は他人のアカウントをいっさいフォローしていない。それでもフォロワーはついている。しかも決して少なくない数のフォロワーが。

愛されることよりも愛することが、守られることよりも守ることが、私の人生を強く優しくする。優しさは強さだ。強さは優しさだ。「寒い」と言われても「痛い」と言われても、誰がなんと言おうとも、私はきみを愛する。笑いたければ笑え。たったひとつの命も本気で愛せないで、生きていると言えるのか。

スクロールする指を思わず止めて「はぁっ」とため息をつく。

そういえばこの作家も無類の猫好きだ。「きみ」とは、猫のことだ。絶対に人じゃない。これって、私のためにつぶやかれた言葉、あるいは、さえずられた声、そのものだと思える。

ツイートは日本語では「つぶやき」と訳されているが、英語には「さえずり」という意味もある。彼女のツイートはまさに、深い森の奥から聞こえてくる、美しい小鳥のさえずりのようだった。

たかが百四十文字。されど百四十文字。

使い方によっては、こんなにも人の心に響くものなのか。そうか、こういう使い方もあるんだな、と、感心することしきり。

アイディアノートを広げて、ペンを手に取る。頭の中に浮かんできた言葉を書き並べていく。〈逆説的な使い方。反面教師的な使い方。こちらからはコミュニケーションを取ろうとしない〉

余白にペンでくるくる、無意味な輪を描きながら、企画書の一節として使えそうな文章を思い浮かべてみる。〈たとえば、ドリカタを擬人化し、ひとりの女性にしてしまって、その女性の魅力的な生活や日常を伝えるアカウントを作る〉しかし、そこからどうやって、現実のドリカタの購読者を増やし、さらには商品の購買につなげていくか。

余白のくるくるが、ぐるぐるからぐりぐりに変わっていく。

「ツイッターをドリカタの販促に生かし、売り上げ上昇につなげていけるような画期的かつ斬新な方法を研究、開発、実施せよ」という、社長じきじきの至上命令を受けて、編集会議で私に白羽の矢が立ったのは「ツイッターをやっている人よりも、あんまりというか、まったくやっていない人の方がかえって、新鮮なアイディアを思いつけるのでは」という理由から。

幸か不幸か、編集部内で「今はまったくやっていない人」というのは、私だけだった。

ノートから目を離して、両腕を前後に回しながら上半身のストレッチをする。

今は朝の十時半過ぎ。

九時半からひとりで、この小部屋にこもっている。ということは、一時間あまり、ツイッターに埋没していたことになる。

十一時からはここで、アルバイトの採用面接がある。面接を担当するのは私と、男性スタッフがひとり。十二時半から銀座で広告主とのビジネスランチ。社にもどって、二時から営業会議。三時半から四時半まで、社内で一時間、社内報のためのインタビューを受けることになっている。終わってから雑務をてきぱき片づければ、五時半には退社できる。家に着くのは六時過ぎか。

ああ、愛しの雷ちゃんに会えるのは、六時過ぎか。待ち遠しい。

ソファーから立ち上がって、窓の前に立ち、両腕と胸を大きく広げて息を吸い、腕を下ろしながら、息を吐いた。

それから、いつもすることだけれど、窓の外に広がっている空を眺めながら、浮かんでいる雲の形をひとつひとつ、雷ちゃんになぞらえていく。

ああ、あれは、雷ちゃんが伸びをしているときの格好だ。あそこには、クエスチョンマークみたいなしっぽが浮かんでいる。今ごろ、どうしてるかな？　二階のベッドでお昼寝？　それとも、一階のお気に入りのクッションの上でお昼寝？　それとも、キッチンの窓の前に佇んで、バードウォッチング？

十一時からの採用面接に備えて、コーヒーテーブルの上に広げてあった資料や書類を片づけ、使ったマグカップを奥の湯沸かし室まで運ぼうとしているとき、壁に掛かっている鏡の前で、私はふと足を止めた。

止めた、というよりも、止まったというのが正しい。

鏡の中から私を見つめる目線から、なぜか、目が離せなくなった。

自分に見つめられている。

自分の中の「自分」から見つめられている。私の目線に私の目線を合わせていると、ついさっき読んだばかりのツイートが浮かんできた。

失いたくない失うのが怖い。恐れるから執着が生まれ心が揺らぎ弱くなる。失ってもいい。初めからなかったと思え。潔く未練を断ち切ることで強くなれる。すべての葉を落として木は冬を乗り越える。たった一枚の葉を失うことをなぜそんなに恐れる。恐るるに足らず。勇敢であれ裸木であれ去る者を追うな。

これは私のためのツイートだ、と、ふたたび思う。

おとといの夜だった。

谷中にあるバー「オル・サバンナ」の化粧室。うす闇の中で、間接照明を受けて、そこだけに光が当たっていた洗面台。流しで手を洗って、ぱっと顔を上げたとき、鏡の中から私を見つめる瞳にぶつかった。

ちょうど今みたいに。

私の目から目を逸《そ》らせなくなっていた。

少しだけ酔っていたせいか、私の瞳はうるんでいた。

頬紅など差していないのに、頬骨のあたりが淡く紅く染まっている。女だな、と思った。鏡には、女の瞳が映っていた。私の中の「女」から、私は見つめられていた。ほとんど睨みつけられていたと言っていい。

――今の俺はさ、おまえにとって都合のいい男になんか、なりたくないんだよ。そういう関係じゃないつきあい方が、できないかなって思ってるんだ。

私は女に問いかけた。

鏡の中の女に。

どうするの？　どうするつもりなの？　拓さんの誘いに、あなたは乗るの？　乗りたいの？　乗って、そこから何かを始めるつもりなの？　始めたいの？　遊びじゃいやなんだと、拓さんは言っているのよ。これはとても、一回きりの情事で終わるような出来事にはならない。そういう覚悟はできているの。

もう一度、問いかけた。

覚悟はできているの。

女は答えた。鏡の中から私に。

覚悟なんか、できてない。ちっともない。拓さんとは、恋愛はできない。もちろん、将来のことを考えてつきあったりも――たぶんできない。

友だちでいたい。仕事仲間でいたい。ときどきこうやって会って、気軽にお酒を飲めるような関係でいたい。それ以上にも以下にもなりたくない。キープはしたいけれど、発展させたくはない。

でも、正直なところ、もしも今夜かぎりでいいのであれば、拓さんの誘いに乗ってもいいのかな、と、思っている自分がいる。どこかにいる。ここにいる。

乗りなさいよ。大人の女なんだから、それくらいしたっていいんじゃない？　もう子どもじゃないんだもの。一回きりの情事で、心まで全部、持っていかれることはない。ただ、大人の時間を楽しむだけ。それくらいしたって、いいんじゃない？　拓さんだって、酔った勢いであんなことを言ってるだけで、本音のところでは「都合のいい男にしてくれ」って、望んでいるのかもしれないじゃない？

鏡の前で私はゆっくりと、何回か、瞬きをした。

瞬きをしながら、足し算と引き算をした。

拓さんの誘いに応じて、得られるもの。ひと夜かぎりの触れ合い。肌のぬくもり。抱きしめられる快感とやすらぎ。ときめき。本物じゃない、偽物のときめき。恋に似たせつなさ。甘くて苦い情事の味。女なんだ、ただの女なんだと、実感できる喜び。日常に彩りを与えてくれるちょっとしたアクシデント。小さな秘密。ときどき取り出して遊べる秘密のおもちゃ。

失うもの。拓さんの誘いに応じて、私が失うもの。

失うものは、ないのかもしれない。私には家があり、雷ちゃんという家族だっている。好きな仕事も持っているし、友だちも仕事仲間もいる。だけど、もしもこの情事が遊びじゃなくて、拓さんの言った「将来」につながるようなものなのだとしたら。

洗面台の横に置かれているバスケットの中から、ペーパータオルを取り出して手を拭きながら「失うもの、失うもの、失うもの」と三回、つぶやいた。

それからもう一度、鏡を見た。

鏡の中の「女」を見ようとした。

鏡に映った私の瞳の中に、ろうそくの灯のような光が宿っていることに気づいた。と、そのときだった。

雷ちゃんだ、と思った。

私の瞳の中に、私を見つめている雷ちゃんの瞳が映っている。

初めて出会ったときにぶつかった、黄金色の瞳。私を見上げて「ごはんちょうだい」とせがむ瞳。出かける私を睨みつけて「行かないでよ」と抗議する瞳。膨らんだり、縮んだりする、黄金色の瞳の中の黒い瞳孔。私に魔法をかけてしまったまま、解いてくれないあの瞳。すべての瞳に、私と私の幸福が宿っている。

失いたくない、と、私は思った。

私は私の幸福を失いたくない。損ないたくない。ひとかけらだって。

雷ちゃんが私に与えてくれたこの幸福を、絶対に。

女の喜びなんて、そんなものは、まやかしに過ぎない。幸福は、ひと夜かぎりの触れ合いから得られるものでは、決してない。私は男じゃなくて、猫を選ぶ。のこのこ男についていって、雷ちゃんに寂しい思いをさせたりしない。雷ちゃんは私の幸福であり、愛そのものなんだ。拓さんの誘いが本気であろうとなかろうと、そんなものに乗らなくてもいいほどに、私は雷ちゃんの存在に、心と体を支えられているのだ。

お手洗いから店内にもどると、拓さんに告げた。口調も態度もきっぱりしていた。

「拓さん、そろそろ帰りましょう」

「どこへ？」

「決まってるじゃない、それぞれの寝ぐらへよ」

曖昧な笑みを浮かべて、拓さんは言った。

「俺、滝ちゃんのところへ、帰っちゃだめかな」

あっさりと撥ね返した。

「だめよ。だって拓さん、猫が苦手でしょ。引っかかれるわよ。怖いのよ。可愛い顔してるけど、思いのほか、嫉妬深いところもあるの。うちへ来たいんなら、まず猫が抱ける男にならなきゃだめね。猫ファースト主義にならなきゃ」

「猫ファーストねぇ」

「だいたいね、うちで何かしようとしたって、猫が見てるのよ。できないよ、そんな恥ずかしいこと」

「じゃあ、あれか、滝ちゃんは猫と暮らしている尼さんなわけ」

「まあ、似たようなものね」

「俺の本気の告白を、よくも突っ撥ねてくれたな」

「ごめんね。悪かったね。あとで後悔するかもしれないけれど、でも私、今、ひとりでもすごく幸せだから」

「猫がその幸せを与えてくれた？」

「そういうこと」

「誰にも邪魔されたくない？」

「そういうこと」

　笑顔で話しているうちに、本気でおかしくなってきて、へらへら笑ってしまった。釣られて拓さんも笑い始めた。苦笑いではなかった。驚いたことに、カウンターの向こう側にいるバーテンダーの肩も、笑いをこらえているかのように震えているではないか。

　ついさっきまで張り詰めていた空気が一気に柔らかくなった。

「参ったなぁ。マスター、俺、すっかりやられちゃいましたよ。情けない、猫に負けてしまうとはね。俺はねずみ以下ですか。さっさと退散しなきゃ。お勘定お願いします」

最後は、冷静な大人の男にもどっていた。

いや、そういう男を演じていただけなのかもしれない。

でも拓さんはちゃんと演じ切った。このあとも、仕事でしょっちゅう顔を合わせることになる間柄だ。気まずくならないよう、あと味が悪くならないよう、場をまとめる力と節度を拓さんは持ち合わせていた。私に対する礼儀も忘れなかった拓さんを、私はまったく別の意味で「いい男だな」と思ったのだった——。


応接室の壁の鏡の中の「自分」に向かって、私はにっこり笑いかける。

失わなかったもの、失いたくないもの、守りたいもの、守り抜きたいもの、たった一匹の「きみ」に向かって、私はつぶやいた。「寒い」と言われても「痛い」と言われても、誰がなんと言おうとも、私はきみを愛するよ。守られることじゃなくて、守ることで、私は強く優しくなれるし、幸せになれる。

湯沸かし室でマグカップを洗って、ソファーまでもどると、スマホにメールが着信していた。タイトルは「妃斗美さま　お詫びとお礼です、早織より」となっている。

妃斗美さま

先日来、ご迷惑をかけっぱなしでごめんなさい。
でもきょうはひとつ、良いお知らせがあります。
お姉さんからの説得（お母さんもがんばってくれて）が効きました！
今年の春からまずは、服飾専門学校の通信講座を受けることになりました。
もちろん、純くん、純くんの合意あり。
実は、純くんが心を動かされた決定的要因は、お姉さんのある言葉。
お父様がもしも生きていらしたら、早織ちゃんを応援したと思う。
って、お姉さんが言ってくれたことに、純くんはグッと来たみたいです。
人生、何が功を奏するか、わからないものですね。
本当にありがとうございました。その節は本当にご心配をおかけしました。
こちらはみんな元気で毎日、ぎゃあぎゃあうるさい日々です。
また帰ってきて下さいね。あ、でも、ライちゃんがいるから無理か。
またライちゃんに会いに行きたいです。
ライちゃんはきっと、妃斗美さんの幸福招き猫。これからもっと、
もっと素敵な何かを、ライちゃんが妃斗美さんのもとに運んでくる
気がするなー。ああ。私もそのおこぼれにあずかりたいなー。
感謝をこめまくって、早織より。

読み終えて、安堵のため息と微笑みがこぼれた。

すぐに短い返事を送った。「よかったね！　通信講座がんばってね！　純に嫌味を言われたら、ただちに私に報告せよ」と。

あの晩からずっと、心配しつづけていた。

夫婦のあいだでどうしても折り合いがつかず、本当に早織さんが家出、つまり別居を決行した場合、幼子ふたりのことは、母と私で真剣に考えて、あの手この手を使って、育児を助けなくてはならない、とまで、思い詰めていた。早織さんには母と私以外に、相談したり、泣きついたりできるような親族がいないのだから。万が一、彼女がほかの誰かを好きになっているのだとすればなおのこと。とにかく家族として、幼い子どもたちを守らなくてはならない、と。

すべてが取り越し苦労に終わってよかった。

弟は大切な人を失わないで済んだし、子どもたちは両親を失わないで済んだ。本当によかった。あれはやっぱり、取り返しのつかない恋なんかじゃなかった。拓さんの推察は、邪推に過ぎなかった。自分の過去に引きつけ過ぎた深読みだった。

ふと思った。

もしかしたらあの晩、拓さんは私を誘惑したくて、あんな仮説を立てたのかもしれないな。「おまえも女だろ」って言いたいがために、早織さんには好きな人ができたのではないかと。私を煽《あお》るために。だとしたら、拓さんは、ずるい。私の痛いところをしっかりと突いてきた拓さんは、相当にずるい。でも、ずるいくらいの男じゃないと、飲んで楽しくない、とも言えるか。

また誘ってみるかな、などと私はうそぶく。滝野妃斗美、まったく大した玉だ。

——俺、結婚してくれとか、同棲してくれとか、面倒なこと言わないからさ。滝ちゃんの仕事の邪魔にもならないからさ、最初はフリーランスな関係でいいから。だけど、遊びじゃいやなんだ。俺が求めているのは、そういう関係じゃないんだ。

だったら、どういう関係なのよ。

そこまで思ったとき、ドアをノックする音が響いて、いっしょに面接を担当することになっている男性スタッフが姿を現した。

彼は入ってくるなり、私の顔を見て言った。

「なんですか、副編、何かいいことでもあったんですか、顔がにやけてますよ」

「えっ、ほんと？　特に何もないんだけど」

「ほんとですか。独り笑いなんてしちゃって」

「ごめんなさい、ちょっとうちの猫のこと、考えてたものだから」

本当は、猫の苦手な男のことを考えていたのだけれど。

「やっぱりそうですか、実は僕も、ゆうべはですね……」

彼も猫と暮らしている。

私よりも年季の入ったキャットラバーだ。独身で、奥さんも恋人もいないらしい。猫の彼女がいる。「女より猫です」と本気で言っている。雷ちゃんと暮らすようになるまでは、この人が少し苦手だったのだけれど、猫を通して、すっかり打ち解けた。

「見て下さいよ、この美人ぶり」

自分のスマホを操作して、彼は愛猫の写真を見せびらかしてくれた。アルバイト志望の男の子が現れるまで、私たちは猫話に花を咲かせた。

私は彼に、さっき発見したばかりの女性作家のツイートを見せてあげた。猫の写真といっしょに上がっているツイート。彼女の飼い猫が緑色の玉——クリスマスのオーナメント——を転がしている写真の上には、こんなさえずりが載っていた。

幸せは小さくてまんまるいもの。木の葉に宿る朝露のように、散歩道に降る雨粒のように、小さくて丸くて可愛らしい。ころころ転がして、いつまでだって遊んでいられる。まんまるい思い出の玉。ひとつひとつつないでいけば、首飾りができる。幸せの首飾りを毎日創っていきたい。きみといっしょに永遠に。

四月の半ば過ぎ。

キッチンの壁のカレンダーの中ではまだ京都の桜が満開だけれど、東京は葉桜の季節を迎えて、町のそこここに、みずみずしい緑があふれている。

「ライちゃん、おはよう！」

私は今朝も、目覚まし猫、雷ちゃんに起こされて、ベッドから抜け出した。

「ごめん、寝坊しちゃったね」

早起きの雷ちゃんの朝一番の「業務」は、私を起こすこと。

目覚まし術には、いくつかの段階とテクニックがある。

午前五時過ぎ。ぱちっと目覚めて、私といっしょに寝ているベッドから降りるとき、わざとベッドカバーがずり落ちるようにうしろ足で強く蹴る。それからわざと大きな足音を響かせて階段を降りていく。私が起きてこない場合、降りたばかりの階段を猛スピードで駆け上がってきてベッドの上に飛び乗り、私の胸の上に香箱の形になって座り込む。文字通り「座り込み」だ。座り込んで、ごろごろごろごろ喉を鳴らす。抗議のごろごろ。途中で体の向きを変え、しっぽを左右に動かしながら、私の首のあたりを撫でる。だいたいはこの段階で、私は観念する。それでも起きない場合、耳もとでひと声、小さく「にゃ」――この可愛い声を無視できる飼い主は、まずいないだろうと思う。

きょうは日曜日。

五月の連休に備えたきのうまでの激務のせいか、最後の「にゃ」まで起き出すことができなかった。

「さ、朝ごはん食べようね」

言われなくても雷ちゃんは、とっくに食べ始めている。

ダイニングテーブルのすぐそばに置いてある伊万里のお皿の前に陣取って、缶詰フードを夢中ではぐはぐ。今朝は雷ちゃんの大好物の貝柱の缶詰。思わずその背中を突つきたくなる。思わずしっぽを引っ張ってやりたくなる。我慢しながら、私もダイニングテーブルに着いて、自分の食事をする。紅茶とイングリッシュマフィンと、フルーツサラダとスクランブルエッグ。ブランチのつもりで、デザートとして、いただき物の焼き菓子まで食べる。雷ちゃんはマドレーヌの皮のところが大好きなので、彼にもちょこっとあげることにする。

網戸越しに入ってくる、ふんわりした春の風が気持ちいい。

家中の窓をあけ放ってある。だから家の中が、風の通り道になっている。ときどき風の手のひらに髪の毛をもてあそばれる。雷ちゃんはときどき、鼻をひくひくさせながら、風の香りを吸い込んでいる。

いい日曜日だな。

うきうきする。我知らず笑顔になっている。口笛を吹きたくなる。

音楽はかけていない。小鳥の声を聞きたくて。人に話すと笑われるけど、私は、すずめやからすの鳴き声まで好きなのだ。

ダイニングスペースからは、うちの庭が見えている。雷ちゃんの遊び場。弟夫婦からもらった鉢植えの柚子にも、先月の終わりに手ずから植え込んだボックスウッドにも、黄緑色の若葉が萌え出ている。

造園についてあれこれ考えを巡らせた結果、庭には背の高い木は植えないことにした。猫は木登りが好きらしいけど、降りるのは苦手で下手で、登ってはみたものの、降りられなくなる猫が多いらしい。それに、背の高い木を植えて、そこから雷ちゃんが塀に飛び移ったりしたら、大変なことになる。

植木屋さんのアドバイスに従って、低木のボックスウッドを六株、じゅうぶんな間隔をあけて植えた。ボックスウッドは剪定《せんてい》が簡単で、冬の寒さにも夏の暑さにも強いという。ボックスウッドのあいだに、これから少しずつ、たとえば沈丁花《じんちょうげ》、さつき、紫陽花《あじさい》、椿など、花の咲く低木を植えていきたいと思っている。小さいながらも四季折々の花の見られる庭にしていきたい。

二階のベランダには南国風の鉢植えをたくさん置いて、夏のボーナスで、屋外用のテーブルとデッキチェアを買うつもり。

狭いながらも庭のある家を買って、本当によかった。

洗濯物を干すために私が庭に出ていると、雷ちゃんも必ず外へ出てきて「ひとり隠れんぼ」に興じる。ボックスウッドの根もとの茂みにもぐりこんで、自分ではちゃんと隠れているつもりになっているのだけれど、しっぽの先がのぞいているのが可笑《おか》しい。

「あれっ、ライちゃん、どこへ行ったんだろう」

などと言いながら、きょろきょろあたりを見回して、探すふりをしてあげると、雷ちゃんは微動だにせず、真剣な面持ちで身を潜めている。内心では「してやったり」と思っているのだろう。

しばらく、不安そうに探すふりをしてあげたあと、

「みぃつけた!」

手を伸ばして、小さな体をひょいっと抱き上げると「やられたー」と言いたげな表情で私を見つめている。

雷ちゃんの瞳に映っている私の幸福と、私の瞳に映っている雷ちゃんという名の幸福。

朝食のあと、雷ちゃんはリビングルームで毛づくろいを入念に済ませて「朝からお昼寝体勢」に入った。

私は仕事部屋のパソコンで雑務を片づけてから、買い物と散歩を兼ねて、駅前のスーパーマーケットへ出かけた。

もどってくると、雷ちゃんは、昼寝の途中で起きて二階に上がったのか、ベッドのまんなかで掛け布団にすっぽり埋まるようにして眠りこけていた。毛の生えたアルマジロみたいにまん丸になって。

起こすのはかわいそうだなと思ったけれど、起こさないわけにはいかない。

雷ちゃんのすぐそばに腰を下ろして、背中を撫でながら話しかけた。

「ライちゃん、お休み中のところごめんね。きょうはね、これからうちに人が来るのよ。ライちゃんのあんまり好きじゃない人たちかもしれない。いやなことが始まるかもしれない。だからライちゃんは、お庭に隠れていようね。一時間ほどで終わると思う」

目を覚まして、きょとんとしている雷ちゃんを両腕で抱き上げたまま、階段を降りていった。

それから、キッチンの横のスライドの窓をあけて、庭に雷ちゃんを出した。窓も網戸も少しだけ、あけておいた。雷ちゃんがもしも中に入ってきたくなったら、そうできるように。でも入ってくることはないだろう。

「すぐ終わるから、そこでおとなしく待っててね」

雷ちゃんはまだ半分、眠りから覚めていないみたいで「なぜ急に、庭に？」と、しっぽをぱたぱたさせながら、全身に訝しそうな雰囲気を漂わせていた。そのうち気を取り直したのか、物干しラックのそばに置いてあるベンチに飛び上がって、そこで手足をのばして「リラックス体勢」に入った。私はリビングルームから小さめのクッションを持ってきて、雷ちゃんのそばに置いておいた。雷ちゃんがクッションに寄りかかって、お昼寝できるように。

ほどなく、引き取り業者と、間を置かずして、配達業者がやってきた。

前者とは午後一時、後者とは一時半に約束を取りつけてあった。できるだけ短時間で、いっぺんに済ませてしまえるようにと思って。

引き取り業者には、二階のフローリングの部屋に置いてあるベッドを引き取ってもらった。このベッドは学生時代から使っていたもので、あちこちにがたが来ていた。思い切って処分し、今夜から、手前の畳の部屋に布団を敷いて寝ることにしている。

そして、空っぽになったフローリングの部屋には、配達業者が運んできた本棚と大型の猫グッズ——キャットタワーと「猫の秘密基地」——を設置してもらう。配達業者にはあらかじめ、設置も頼んであった。私一人では組み立てられない、大がかりな装置だったから。

キャットタワーというのは、数本のポールに、絨毯でくるまれた大きさの異なる四角い板が互い違いに据えつけられていて、全体的には塔のような形になっているもの。いちばん上には、あたかも王座と呼びたくなるような見晴台《みはらしだい》がついている。一方の「秘密基地」は、螺旋《らせん》階段みたいなデザインの滑り台というか、ジャングルジムというか。

つまり私は二階のひと部屋をまるごと「雷ちゃん部屋」にしたかった。私が会社に行っているあいだ、雷ちゃんが好きなだけここで走り回って遊んでいられるように。本棚には本も入れるけど、雷ちゃんが潜り込める空きスペースを、意図的に残しておくつもり。


「さ、これでできあがりました」

「ありがとうございました！」

「素晴らしい猫ちゃん専用部屋になりましたね」

「ありがとうございます」

「おたくの猫さん、ほんと、幸せ者ですね」

「ほんとだ。僕だってガキの頃、こんな遊び部屋、欲しかったっすよ」

ふたりの業者は、組み立てと設置とあと片づけを終え、代金を受け取ると、ばたばたと去っていった。


時計を見ると、二時過ぎだった。

小腹が空いたので、サンドイッチでも作るかな、それとももうちょっとだけ我慢して、早めの夕食にするかな、今夜はお好み焼きだ！　などと思いながら、キッチンへ直行し、スライドの窓と網戸の両方に手をかけて、ぐいっと横に押しあけながら「ライちゃん！」と呼んだ。

「ライちゃん、終わったよ！」

ベンチの上にはいなかったから、雷ちゃんは、ボックスウッドの茂みの中から、まるで銀色のロケット弾みたいに飛び出してくる――そう思って、身構えた。

走り寄ってきたあとはきっと、怒りの表明みたいにして、いきなり私の足首に嚙みついたりする。「猛獣攻撃」と、私は名づけている。でも、嚙みつくと言ってもちゃんと手加減している。そこがなんとも言えず愛おしい。抱き上げて、柔らかい体に顔を埋めると、雷ちゃんの背中からは、お日様の匂いがする。干し草みたいな、雨に濡れた落ち葉みたいな匂い。

「ラララ、ライちゃん」

ところが、どうしたことか、ロケット弾も猛獣も、どこからも飛び出してこない。

よほど頭に来てるんだなと思った。

昼寝の途中で起こされて庭に出されたかと思うと、家の中には人が入れ替わり立ち替わり現れて、ドッスンドッスン、バッタンバッタン、トントンカンカン、カンカントントン、ギギギギーと、不愉快きわまりない物音を立てていたのだから。この家は、神聖かつ不可侵の雷様のテリトリーだというのに。

「ライちゃん！　出ておいで。もう、終わったんだから！」

腰を低くして歩を運びつつ、ボックスウッドの根もとをひとつひとつ、チェックしていった。柚子の鉢植えの裏側も。

「どこにお隠れになったのかなぁ、うちの猫神さまは、雷神さまは」

私の声には笑いがふくまれている。今にも雷ちゃんが飛び出してきそうだと思っている。意表を突くようにして、意外なところから飛び出してくるに違いない。

さて、どこから？

どこからも、飛び出してこない。

あれっ？　どうして？　どうしてなの？

もう一度、最初から、すべての植木を点検してみる。地面に手をついて、四つん這いになって、首が痛くなるくらい。

いない、いない、いない。

ここにも、ここにも、あそこにも。

ここにも？　あそこにも？　いない？　いないの？

どうして？　ライちゃん？

少しずつ、少しずつ、心臓が縮んでいったかと思うと、最後のボックスウッドの下を覗き込んだ瞬間、急に膨れ上がって爆発し、全身の血液が一気に頭に駆けのぼっていったような錯覚に陥った。いや、これは錯覚ではない。頭がかぁっとしている。額が熱い。

雷ちゃんがいない。

いなくなった。

庭のまんなかに、でくの坊のように突っ立ったまま、周囲を見回した。この庭は三方を高い塀で囲われている。ここからは外へ出ていけない。この塀は猫が飛び上がって、乗り越えることのできる高さではない。

私はうしろをふり返った。

ここにいないということは。

そうか、家の中にいるんだな。

一瞬にして、安心がやってきた。

そうよ、家の中にいるのよ。中に入ってきて、一階のどこかに隠れているんだ、何よもう、驚かせないでよ、心配させないでよ。

「ライちゃんったら……」

一階に隠れているとすれば、それは仕事部屋だと思った。パソコンを置いているデスクの下か、書棚のいちばん下の空いているスペースか、リサイクルの紙類を入れるための段ボール箱の中。その三カ所がお気に入りの場所だから。

しかし、いなかった。

仕事部屋には、いなかった。

ということは、ということは、ということは。

改めて、一階をすみからすみまで見渡してみる。

お手洗いのドアは閉まっている。最後に私が使ってから、誰も使っていない。ということは、あとは玄関口と廊下とキッチンとリビングルームしかない。そこには猫がすっぽり隠れられそうな場所などない。

まさか、二階に？

あのどたばた騒ぎのさいちゅうに、みんなが気づかないうちに二階に上がってきて、二階のどこかに隠れている？

まさか、と思いながらも、そのまさかにすがるようにして、階段を駆け上がった。完成したばかりの「雷ちゃん部屋」がひどく場違いなものに見える。

二階のベランダに通じる窓は、網戸が閉まったままになっている。二階にはいない。ふたたび階段を駆け降りる。自分の顔が赤くなったり、青くなったりしているのがわかる。どうしよう、どうしよう、と、そればかりを思っている。

冷静にならなくては。落ち着いて、落ち着いて。

言い聞かせているさいちゅうに、思いついた。

お風呂場だ。お風呂場にいるんだ。

実のところ雷ちゃんは、お風呂場とその周辺があまり好きではない。だから滅多に近づかない。お風呂場の前のスペースに置いてある洗濯機が掃除機同様、大嫌いなのだ。お風呂場も、体が濡れるのが嫌いな雷ちゃんにとっては、忌むべきスポットなのだろう。

それでも、仕方なく、お風呂場に隠れることにしたんだな。

かわいそうなことをした、と、深く反省していた。こんなことになるのであれば最初から、一階の仕事部屋か二階の畳の部屋の、ドアかふすまを閉め切って、そこで作業が終わるまで待たせるようにすればよかった。一階の仕事部屋も、二階の畳の部屋も、業者の出入りでうるさくなるからと思って、庭に出したのだけれど。

まず、洗濯機の周辺を点検した。隠れるスペースはそこここにあるものの、雷ちゃんの姿はなかった。お風呂場のドアは三分の一ほど、あいている。押しあけて中へ入った。

雷ちゃんは、どこにもいない。もちろん湯船のなかにも。

ふいに目にごみが入った。まばたきして目を指でこすって、手を顔から離したとき、常に半分ほどあけてある小窓が目に飛び込んできた。

お風呂場には、ふたつの窓がついている。ひとつはうちの庭に面している、かなり大きめの窓だ。大小ふたつの窓をあけておけば、風通しがよくなり、換気もできる。そのための窓だと思われる、小さな方の正方形の窓の向こうには、隣の家の庭木が見えている。なんの木だろう。樫の木だろうか。広げた枝に、艶のある若葉が茂っている。

ああ、と、ため息が漏れた。胸に感情が押し寄せてくる。なんとも名づけようのない感情だ。理解と絶望と、かすかな希望が混じり合ったような。

雷ちゃんは、湯船の縁からこの小窓の桟の上に飛び上がり、そこからジャンプして、あの木の枝に飛び移ったに違いない。

小窓から亀みたいに首をのばして、出せる限り顔を出して、外をうかがってみる。あの木の枝に飛び移ったとして、そこから幹を伝って下に降りたのだとすれば。

そこまで想像したときにはもう、玄関へ向かって走っていた。

外に飛び出して、迷うことなく隣の家のインターホンを押した。

留守だった。何度か押した。応答はなかった。日曜日だもの、どこかへ出かけていたって、不思議ではない。

お隣には、中年のご夫婦とおばあさんの三人が住んでいる。引っ越してきた直後に挨拶に行ったとき、息子さんは独立して名古屋で暮らしていると話していた。そういえば、この家では犬を飼っている。散歩させているご主人に出会ったこともあるし、夜中にときどき吠え声が聞こえてくることがある。犬は裏庭で飼われているのだろうか？　もしもそうなら、雷ちゃんの姿を見かけた犬が吠えたはずだけれど。

まるで偵察でもするかのように、隣の家をあちこちから眺めてみた。家の背後にはブロック塀がある。うちとの境目には、背の高い庭木が数本、植わっているだけだ。もう一軒の隣の家との境もまた、庭木だけで仕切られている。

ということは、雷ちゃんは、隣の家の敷地内にいるとは限らない。

頭の上に不安のかたまりが落ちてくる。頭は重いのに、足もとはすぅすぅしている。足もとの地面が抜けて、ブラックホールに吸い込まれていくかのようだ。体中から力が抜けていく。どうしよう、どうしたらいいの。

雷ちゃんが失踪してしまった。

探さなくては。探し出さなくては。しっかりするのよ。へなへなしている場合じゃないでしょ。懸命に自分に発破をかける。

それから小一時間ほど、家の近くをうろうろと歩き回った。もしものことを考えて、玄関のドアはあけたままにしておいた。私が外にいるあいだに、雷ちゃんがもどってくることもあるかもしれないと思って。

探せば探すほど、絶望が深まっていく。

家の中と違って外には、雷ちゃんが隠れていそうな場所は無尽蔵にある。

探しても、探しても、見つからない。

そんなに簡単に見つかるはずがない、とも思っている。猫は用心深い生き物だ。それに、雷ちゃんの方では、まるで自分のテリトリーから追い出されたような気持ちになっているに違いない。恐ろしい業者がやってきて、自分をどうにかしようとしているのだと、恐怖におののきながら、必死な思いで家を飛び出したに違いない。生き物の本能としては、逃げ出すしか方法がなかった。私に対する信頼感など、ものの見事に消失しているはずだ。そんな私に名前を呼ばれたからといって、すぐにのこのこ出てくるはずはない。

ごめんね、ライちゃん、ごめんね。

「あの、どうかなさいましたか」

髪をふり乱したまま、家の前の通りを何度か行き来しているうちに、通りすがりの人から声をかけられた。私の様子に、何か尋常ではない気配を感じ取ったせいだろうか。五歳くらいの子どもを連れた女の人だった。歳は私より少し上くらいか。優しそうな人だった。笑顔に知性と思いやりが滲み出ている。

「あ、なんでもないです。大丈夫です」

そう言ったあと、私はあわてて言い直した。

「いえ、大丈夫じゃないんです。うちの猫が行方不明になっちゃって」

「まあ、それは大変」

彼女は私の顔をまっすぐに見つめて言った。

「猫ちゃんの写真、持ってますか？　私たち、これからすぐ先の公園まで行くところなので、もしも公園で見つけたら」

はっとした。ジーンズのポケットに押し込んであったスマホを取り出して、待ち受け画面を見せた。

「この子なんです。毛の色は全体的にチャコールグレイで、ふわふわで、目は金色で」

説明していると、胸が苦しくなってくる。泣き出してしまいそうになるのを、ぎりぎりのところでこらえている。

つかのま、彼女は雷ちゃんの写真を見つめていた。小さな声で娘に「このお姉さん、猫ちゃんを探しているの。マミちゃんもいっしょに探してあげようね」と言った。それから私の方を向いた。

「猫ちゃんのお名前は」

「ライちゃんといいます」

「わかりました。もしも見つけたら、どこへ連絡すればいいですか」

私は自分の電話番号を彼女に教えた。気休めに過ぎないと思いながらも、今は藁にもすがりたい気持ちだった。

彼女たちと別れたあとも、あたりがうす暗くなってくるまで、血眼になって探しつづけた。公園へも神社へもお寺へも行ってみた。少しずつ、探す範囲を広げながら、何度も家にも立ち寄った。もしかしたら、もどってきているかもしれないと、一縷《いちる》の望みを抱いて。

六時過ぎになっていた。

ふたたび家の近くまでもどってきたとき、隣の家に明かりが灯っているのが見えた。すかさずインターホンを押した。ご主人が出てきてくれた。息急《せ》き切って事情を説明していると、奥さんとおばあさんも出てきて、話を聞いてくれた。明らかに、夕食の準備をしていたようだとわかった。

「その木の真下には、うちのマッキーくんの小屋があるのよね」

奥さんがそう言って、三人で私を裏庭まで案内してくれた。うしろから、賢そうな柴犬がついてくる。

「あの枝から犬小屋の屋根に飛び移って、地面に降りてから、あのあたりから外へ出たのかしらね」

「そうだな、猫が通るとすれば、あそこかな」

ご主人の指さした方を見ると、確かに猫が通りそうな道みたいなものがついていて、そこから先には、庭木で仕切られている隣の庭が広がっている。

「お隣さんのお庭からは、そのまま道に出られるようになってますねえ」

と、おばあさんは言い、追いかけるようにして、ご主人が言った。

「今夜は、うちのマッキーは家に上げておくようにします。もしも猫ちゃんがうちを経由してお宅へもどろうとしたとき、犬がいたんじゃ、よろしくないでしょうから」

「ありがとうございます」

「大丈夫よ、おなかが空いたらきっと、もどってきますよ」

人の情けが身に染みた。涙で膨らみそうになっているまぶたを押さえた。強くならなければ、と思った。私がここで踏ん張って、気丈にならなくては、いったい誰が雷ちゃんを守ってくれるというのか。

食欲はまったくなかったけれど、家にもどってサンドイッチを作った。何かおなかに入れておかなくては、がんばりたくてもがんばれない。

卵を茹《ゆ》でて、レタスとトマトといっしょに、クロワッサンに挟んだ。まったく味のしない卵サンドをもそもそ食べていると、食道から逆流するかのように、涙の塊がせり上がってきた。テーブルのすぐそばに置かれている雷ちゃんのお皿の上には、ドライフードが入っている。二粒か、三粒か、皿の外に落ちている。その近くに、黄色いテニスボール。雷ちゃんがキックして遊ぶボールだ。それを目にしたとき、涙の塊が喉に詰まった。息が苦しくなった。いなくなってから、そろそろ五時間が過ぎようとしている。危ない目に遭っていないか。誰かに連れ去られたりしていないか。

ライちゃん、おなか空いてない？

ライちゃん、喉、渇いてない？

大通りに出たら、危ないよ。

食べ切れなかったサンドイッチにラップをかけて立ち上がり、ふたたび家の中を歩き回った。不気味に静まり返った家はもはや、私の家ではなくなっていた。雷ちゃんがいなくなっただけで、この家は、誰も住んでいない、よそよそしい、見知らぬ他人の家に成り下がったかのようだった。

玄関のドアはずっと、あけたままにしてある。

上がり框に立ったまま、今にもそのドアの向こうから、雷ちゃんが走り込んできてくれないかと思っている。そんなことは起こらない。そんなことが起こるのは、ドラマか映画の中だけ。

しばらく家で待ってみて、帰ってこなければ、また外に探しに行こう。

しかし、待っているあいだにも、何かしないではいられない。

この不安をやっつけるためにも、何かをしていたい。

何をするべきか。

そうだ、ちらしを作ろう。

パソコンを起動させて、ストックしてある雷ちゃんの写真を呼び出した。何枚かを選び出して、組み合わせてちらしのベースを作った。編集の技術がこんなところで生きるとは皮肉なものだ。一枚だけ印刷して、そこに太めのサインペンでぐいぐい書き記した。

〈まよい猫、探しています。一歳のおす猫。「ライちゃん」と呼ぶと返事をします。

お心当たりの方は、以下までお電話を〉

お礼はいくらでもお支払い致します、と、書こうかどうしようか、迷った。書くことにした。できることはなんでもしなくては。

できあがったちらしを百枚、コピーした。とりあえず、百枚。隣近所、お店、スーパーマーケット、コンビニエンスストア、レストラン、居酒屋、交番。とにかく、手当たり次第に配ろうと思った。いったん家にもどって、家の中をチェックして、もどっていなかったらまた百枚。そこまで思い至ったとき「あしたはどうする」という疑問が湧いてきた。

あしたはどうするの。

今夜、雷ちゃんが帰ってこなかったら、あしたはどうすればいいの。

あしたは月曜日だ。私は日帰り出張で足利市まで出かけることになっている。「ワインとチーズ特集」の取材のために、足利市にあるワイナリーに、読者モデルとライターとカメラマンと四人で。

頭の中でぱたぱたとカードを整理して、スマホを取り上げると、村上文香に電話をかけた。代わりに行ってもらえるよう、段取りをつけた。理由はただ「どうしても外せない用事ができた」と言っておいた。まさか、猫が行方不明になったから、在宅勤務をします、とは言えない。

「パソコンに入っている資料は、今からすぐに添付で送ります。それ以外のものは、あしたの朝、八時ちょうどに、東武鉄道の浅草駅まで届けます」

「わかりました。任せて下さい！」

文香の声を耳にしたことによって、体にスイッチが入り、仕事人間としての「滝野妃斗美」が目を覚ましたのがわかった。

行動力の滝野妃斗美だ。

百枚のちらしをトートバッグに突っ込んで、外に出た。今夜は徹夜で配ろうと心に決めていた。配るだけじゃない。そこら中に貼りつけていこう。

遠くまで行くつもりだった。

だから玄関のドアをしめた。

鍵を掛けようとして、やめた。やっぱりドアはあけたままで行こう。泥棒に入られたってかまわない。何を盗られたって、かまわない。この家には、雷ちゃん以外、盗られたくないものなんて、ないのだから。

次第に濃くなってくる闇の中で、一歩、前へ足を踏み出すごとに、思った。

神様、神様、お願い、お願いです。

何を盗られてもいい。何を持っていってくれてもいい。何を取り上げてくれてもいい。

でもお願い、あの子だけは取り上げないで。あの子だけは持っていかないで。ちらしを配りながら、同時に小さな生き物を探しながら、無秩序に歩き回った。どこをどう歩いているのか、途中から方向感覚を失ってしまっていた。それでも視線の先に店の明かりがあれば、その明かりを目指して歩いていった。店に入ってちらしを見せ、貼ってもいいと言ってくれた店には貼らせてもらい、置いてもいいという店には置かせてもらった。こんなことをして一体、なんになるのだろうかと、くじけそうになる心を叱咤しながら。

気がついたら、大通りに出ていた。

片方だけでも二車線、反対側を入れると四車線もある大通りだ。通りを渡るために設《しつら》えられた陸橋は、まんなかから放射線状に延びている。その下を車はびゅんびゅん行き交っている。急ブレーキを踏んだ車のタイヤの軋《きし》む音がする。怒りのクラクション。道路沿いのビルで建設工事をしているせいだろう、ドッカーン、ドッカーンと、地響きみたいな音もしている。

ああ、だめだ、もうだめだと思った。この通りに雷ちゃんが飛び出してしまったら、おしまいだ。こんなところへ出ようものなら、即座に車に撥ねられて、押しつぶされて、轢《ひ》き殺されてしまう。

大通りを目の前にして、とうとう立っていることができなくなった。くずおれて、その場にうずくまってしまった。

胸には空になったトートバッグを抱えている。それだけじゃない。抱えているのは、途方もなく大きな喪失感だった。

失ったものの大きさに、私は打ちのめされていた。

うずくまったまま、両手で顔をおおって、泣いた。

それまでこらえていた涙が噴き出してきた。体の中のパイプに詰まっていたものが一気に押し流されたかのようだった。

雷ちゃんが見つからなかったら、帰ってこなかったら、私はどうすればいいのだろう。

私はどうすれば。

もう立ち上がれない。歩けない。何もできない、したくない。

体はくたくたに疲れているのに、神経だけはとんがっている。とんがった自分の神経に、全身を突き刺されているかのような痛みを感じる。人生が始まって以来きょうまで、こんなにも激しい痛みを、底なしの喪失感を、味わったことがあっただろうか。

暴風雨のような喪失感と共に、底なしの井戸をまっさかさまに落ちていきながら、私は「これが幸福というものの正体だったのだ」と思い知らされていた。

幸福とは、初めから、失われる運命にあるものなのだ。

幸福は、薄皮一枚で、悲しみにつながっている。

幸せな生活とは、まるで薄氷の上を歩いているような危ういものだったのだ。

だからこそ、幸福はかけがえのないものなのだし、永遠につづかないからこそ、一瞬一瞬がきらめいている。安定した幸福なんて、本当はどこにもなくて、幸福はぎりぎりのところで保たれている綱渡りの綱のようなもの。

だからこそ、あんなに美しいのだ。

雷ちゃんの与えてくれた一瞬、一瞬が今、私の体に五寸釘となって刺さってくるのを感じていた。あの愛の塊、あの幸福の化身を失った私は、これから、どうやって生きていったらいいのか。

これが愛するということだったのか。

幸福に裏切られて初めて、生まれて初めて、愛を知ったと思った。愛とは、根こそぎ人を奪い取っていくものなのだ。これが愛するということだったのだ。これまで、どんな「人」に対しても感じたことのなかった、それはあまりにもまっすぐで、凶暴なまでの感情だった。

お願い、帰ってきて。

お願い神様、返して。

私の愛と幸福を返して。

どれくらいのあいだ、うずくまっていただろう。長い時間だったような気もするし、ほんのつかのま、だったような気もする。「邪魔だよ」と、酔っ払いか誰かに舌打ちされた覚えもある。

こんなところにいたって、雷ちゃんは見つからない。また家にもどって、ちらしをコピーして、出直そう。そう思って、よろよろと立ち上がったときだった。

あれは――

大通りの向こうから、ひょろっと背の高い男の人が歩いてくるのが見えた。最初は影のように見えた。揺れている、人の形をした影のように。なぜか、どこかで会ったことのある人のようにも見える。

鼻水を啜《すす》り上げ、涙で汚れた顔を手のひらでこすった。

目を凝らして見た。

野球帽を目深にかぶっているせいで、その人の顔ははっきり見えない。

でも確かにその人は、猫を抱いている。

猫の前足を肩にかけるようにして、胸には猫のおなかを当てるようにして、実に上手にきれいに猫を抱いている。チャコールグレイのふわふわの毛。垂れ下がったしっぽの先がくるんと曲がっている。その背中に回されているのは、がっしりとした左腕。右手には荷物のようなものを手にして。鞄の中からのぞいているのは、スケッチブック。猫を抱いている猫は、まるでその人の猫みたいに、おとなしくしている。猫を抱いている姿がこんなにも様になっている人を、いまだかつて見たことがない、と思えるほど、猫とその人は、一体化している。ふたりでひとつになっている。

誰なの、この人は。

あなたは誰。

どこの誰。

誰でもいいと思った。人なんて、どうでもいい。

猫さえ帰ってくれれば、人なんて。

そう思いながらも、これからは人も、愛せるかもしれないと感じていた。一匹の猫が教えてくれた。愛とは何か、幸福とは何か。私には、それらを生み出し、創り出していける力があるのだと。

私は人影に向かって小走りで近づいていって、小さき愛しき者の名前を呼んだ。

幸福と喪失の重さと軽さ——文庫版のためのあとがき

アメリカで暮らすようになって、三十年以上が過ぎようとしています。

最初の半分は、猫といっしょに暮らしました。猫好きのアメリカ人の夫と、動物保護施設で安楽死させられる運命にあったノルウェジアン・フォレスト・キャットのプーちゃんと、日本から移住してきて、英語もろくに話せない私の三人暮らし。

右も左もわからないアメリカで、ものになるかどうかもわからない小説を書いていた私を支えてくれたのは、夫ではなくて、家と猫でした。

「僕といっしょにアメリカへ来てくれるなら、向こうで一軒家を買って、猫を飼おう」

渡米前から東京でいっしょに暮らしていた夫（当時は恋人）の、これが口説き文句であり、プロポーズの言葉だったのです。

家と猫。

この二語に、私はまんまと落とされました。後悔はしていません。

軌道に乗っていた雑誌のフリーライターの仕事を辞め、無職になって、裸一貫でアメリカへ渡りました。祖国を捨て、自由の女神の君臨する新世界を目指した移民たちのように、私も「アメリカへ行けば、大きな家に、猫といっしょに住める」というアメリカンドリームを抱いて、片道切符の飛行機に乗ったのです。三十六歳のときでした。

夢は、見事に叶いました。

ふさふさのしっぽ、まっ白でふかふかの胸の毛、エメラルドグリーンの瞳……書いていると目に涙が滲んできますが、猫親馬鹿を承知で書けば、プーちゃんはまさに「ライオンキング猫」と呼びたくなるような、りっぱな雄猫でした。姿形は凛々しくて勇壮なのに、性格は甘えん坊で、人見知りで、猫かぶり。

プーちゃんがいれば、プーちゃんさえいてくれたら、プーちゃんの走り回る足音や私を呼ぶ声が響くこの家さえあれば、仕事がなくても、夫がいなくても、幸せに生きていける。夫には内緒だけれど、私はそう思っていました。プーちゃんがひとりで先に天国へ旅立ってしまう、あの日までは——。

忘れもしない、あれは二〇〇六年の十月。それまで、まったくうまく行っていなかった仕事に、転機の兆しが見えてくるのと引き換えにして、神様はプーちゃんを連れていってしまったのです。

このときの喪失感と悲しみについては『猫の形をした幸福』という作品に、あますところなく書きました。その喪失感からよみがえっていく過程については『九死一生』という作品に。本作は、プーちゃんが私に教えてくれた「幸福とは何か」について書きました。つくづく、プーちゃんは偉大な猫だと思います。生きているとき、のみならず、死後も私にこうして、仕事を与え続けてくれているのですから。

私にとっての「瞳のなかの幸福」とは、どのようなものなのか。

つまり、一匹の小さな生き物が私に与えてくれた、最も大きな幸せとは。

これだと思っています。

プーちゃんに死なれたあと、夫と私のあいだの愛情はいっそう深まり、絆はいっそう強くなり、夫婦愛はいっそう揺るぎないものになっていきました。嘘みたいな本当のお話です。本当に不思議です。一匹の猫の死がふたりの人間を、ここまでしっかりと結びつけてくれようとは、思ってもみませんでした。いつ離婚してもおかしくないほど、喧嘩ばかりしていた時期もあったのに、最近では喧嘩ひとつしません。かれこれ三十八年以上もいっしょにいるというのに、まるで出会ったばかりの恋人たちのようなラブラブ状態。

それはきっと、私たちが仲良くしなかったら、プーちゃんに申し訳が立たないという思いがあり、私たちが別れるようなことがあったら、プーちゃんの思い出も半分になる、というような思いがあるからではないかと、勝手に分析しています。誰がなんと言おうと、これらは切実な思いです。同じ一匹の猫を愛し、可愛がった思い出。これが私たち夫婦の、残りの時間を寄り添って生きる縁《よすが》になっているのです。

死なれてから、すでに十六年も過ぎたというのに、夫はいまだに、プーちゃんの「写真を見ると悲しくなるので、僕の目には触れないところに飾ってくれ」と言います。私は私で、引き出しの奥にしまってある、プーちゃんの爪と毛の一部を取り出して触れながら、泣いたりしています。「猫はもう飼わないの」とか「新しい猫をもらってくれば」などと言う人は、友だちじゃないと思っています。それは、赤ん坊を亡くした人に対して「次の子を産めば」と言っているに等しい。そんなことを平気で言えるような人を、私は友人だと思えません。

本棚の片すみに、渡米後、一日も欠かさず付けていた日記帳が並んでいます。

プーちゃんが末期癌にかかって最後の日々を過ごしていたとき、私はその様子を克明に日記に綴っています。けれども、プーちゃんが元気で家の中を走り回っていたときの様子は、まったくと言っていいほど、書き残していません。書くに足りない、書くほどのことではないような幸福がそこにあった、ということでしょう。

プーちゃんが登場しない私の日記帳――十四冊のうち十三冊。

私の人生最大の幸せは、その十三冊の中にあったのだと思います。

あれ以上の幸せは、もうやってこない。

そして、あれ以上の悲しみもやってこない。

猫と過ごした幸福はたっぷりと重く、それゆえに喪失も重かった。けれども、その喪失が今、背中に羽の生えた、軽やかな愛の使者となって、私たちの人生を見守ってくれています。

これが私の瞳のなかの幸福です。

あなたの瞳のなかには、どんな幸福が映っているのでしょう。

いつか、どこかで、会えることがあったら、私にこっそり教えてくれますか。

ニューヨーク州ウッドストックの森の仕事部屋から、

本書が「喪失の悲しみを知っているあなた」に届くことを願って。

小手鞠るい

解説

長岡弘樹

本作を読み終えると、わたしはすぐ何人かの知り合いに連絡し、「あなたもこの本を手にしてページを開いてごらんなさい」と勧めました。もちろん、そうする価値のある作品だったからです。

ほどなくして、女性のNさんと男性のKさんから「読んだよ」と連絡があったので、三人で集まり、「『瞳のなかの幸福』を語り合う会」を開きました。

さて、いざこの稿を書こうとした段になり、わたしはふと考えたのです。一人で下手な言葉を連ねるより、語る会で出た話を要約した方が、よほどまともな解説になるのではないか、と。

というわけで、以下に会の様子を、概略的にではありますが、紹介してみることにします。

N「主人公の心情がとても丁寧に描かれているので、男性が読んだら、『女性はこんなことを考えているのか』とよく分かって面白かったのでは」
K「そう。この主人公がいい。ネットにあふれかえる汚い言葉が嫌で、磨き抜かれた文章の本が好きというところから、センスのある人を想像した」
長岡（以下、長）「彼女はカタログ会社の編集者として設定されている。つまり念入りに推敲や校正をするのが普段の仕事だから、当然、垂れ流し的なネットの文章など受け付けない体質になっているわけだ。逆に見ると、小手鞠さんは主人公をそう設定することで、〝感情の一つ一つをきめ細かい言葉で表現していく語り手〟を無理なく造形したとも言える」
　語り合う会はこんな感じで静かに始まりました。
K「家を買い、猫を拾ってさらにウキウキ状態のところ。楽しそうでよかった」
N「だけど雷ちゃんを飼い始めたあと、トイレはどうしたの？　と気になってしまった」
長「それは案外重要な指摘かもしれない。実はこの雷ちゃんは、実在する猫というより、〝幸福の象徴〟としての側面が強い存在なんだ。だから排泄の描写までは必要ない。というより、それをすると象徴性が薄れてしまって逆効果になる。だから小手鞠さんは敢えて書かなかった」
K「また実際に作者から聞いたようなことを……。まあ、小説の読み方は人それぞれでいいわけだから、そういう解釈もありか」

このあたりから議論が活発になっていきました。

Ｋ「『道に迷ってしまったときにこそ……』というエッセイで始まった章が、道に迷って不動産屋にたどり着くところで終わるあたりも洒落ている」

長「もっと言うと、その前の第一章ですでに、『自分探しなんて、する必要はありません』で始まり、最後は『気がついたら、私はさっきから、自分を探してばかりいる』で終わっている。こんなふうに、一見するとゆるい雰囲気の小説だけれど、実はとても仕掛けに気を遣って、緊密に注意深く書かれているんだ」

Ｋ「そう言われると、義理の妹がかなり唐突に訪ねてくるところ。ここも読み返すと読者への前振りはちゃんとあった。実家とは折り合いが悪い、亭主関白の弟、就きたい職業などについて何も訊かなかった、など。伏線の丁寧な作品なんだ」

長「そのとおり。主人公が猫と出会う過程も用意周到だ。妃斗美が雷ちゃんを見つけるのは第四章の終わりまで待たなければならない。けれど第一章ですでに、さりげなく実家の庭に現れる猫の様子が描かれている」

Ｎ「そう言えば、第二章では、撮影で訪れた喫茶店内に猫グッズがあふれていたし」

Ｋ「第三章に出てくるムトくんの絵は、猫の視点で描かれたものだったし」

長「そのように〝猫の予感〟をさりげなく忍び込ませてある。小説技法上の約束ごととしては、ここまで猫のイメージが積み重なったら、もう主人公の前に本物が登場しない方がおかしい。さっき『実はとても緊密に注意深く書かれている』と言ったけれど、それはこのあたりからもよく分かる」
N&K「なるほど」
長「ついでに言うと、妃斗美の実家がうなぎ店であることも一つの伏線だ。犬ほどじゃなくても、猫だって人間よりはるかに嗅覚が鋭い。雷は、妃斗美の皮膚や頭髪の襞に入り込んでいるうなぎの匂い分子を敏感に察知し、ピンポイントで彼女に声をかけたんだ」
N&K「そうかぁ……？」
長「そうだ（断言）」
　議論が最も白熱したのは終盤の展開についてでした。
N「ラストもハッピーエンドなので後味がいい。雷ちゃんが無事に帰ってくるので、よかったと素直に思えた。でも最後の最後、〝背の高いスケッチブックを持った男性〟に抱かれて戻ってくるというのは……」
K「うん。ちょっと都合がいいな、と感じる読者もいるのでは」
N「都合のいい展開は、〝猫によって人生が変わる〟というテーマを弱くしちゃうんじゃないかしら？　これは余計な心配かな」
長「そう感じる読者もいるかもしれないが、ちょっと真ん中あたりを思い返してほしい。

そこに、すごくいい言葉がある。ムトくんの台詞だ（本を開いて当該箇所を読み上げる）」

――『大き過ぎて、美し過ぎて、その代償として、途方もなく大きな悲しみをたたえているような景色を見て、景色の中に僕が埋没してしまうくらい見て、圧倒されて、うなだれて、ああ、僕には描けない、こんな世界は、って、こてんぱんに打ちのめされてから、よろよろと立ち上がって、そこから描き始めたいんです』

N&K「これは本当に素敵な言葉だった」

長「最後に妃斗美に訪れるのは、これと似たような状況だ。猫が家出をして絶望するが、気を取り直し、また捜索を再開しようとするところ。絶望した心情を小手鞠さんは『（失ったものの大きさに、私は）打ちのめされていた』と書き、気を取り直す場面を『よろよろと立ち上がった』と書いている」

N「ああ、意図してムトくんの言葉と同じ表現を使っている」

長「そう。これは二人の心が繋がっているという暗示だ。注意深い読者なら、ここを読んだ瞬間に〝あっ、次はムトくんが再登場する〟と直感できるようになっている。加えて、彼が猫好きであることもすでに描かれているから、最後に雷ちゃんを抱いて登場しても、作品世界の中では何ら無理はない」

といったように本作は、普段は自分でも呆れるほど無口なわたしに、大量の言葉を喋らせた小説でもあったのでした。

繰り返しになってしまうかもしれませんが、わたしがこの小説を知り合いに勧めずにいられなかった理由は、自身が大の猫好きだから、というだけではありません。

それよりも、一見するとゆるくてふわっとした物語なのに、実は緊密に設計され、細心の注意で伏線が張られているという点に、ミステリ作家のはしくれとして魅せられたから——たぶんこちらの理由の方が大きいと思います。

最後のページを閉じたら、周囲の近しい人と一緒に、ぜひ感想を語り合ってほしい一冊です。

（作家）

単行本　二〇一九年二月　文藝春秋刊
本文挿絵　松倉香子
DTP制作　エヴリ・シンク
六ページの詩は、やなせたかし著『やなせたかし全詩集』（北溟社）から、
一七六ページ冒頭の文章は、内田百閒著『ノラや』（中公文庫）から引用させていただきました。

文春文庫

瞳《ひとみ》のなかの幸福《こうふく》

定価はカバーに表示してあります

2023年4月10日　第1刷

著　者　小手鞠《こでまり》るい
発行者　大沼貴之
発行所　株式会社　文藝春秋

東京都千代田区紀尾井町3-23　〒102-8008
TEL　03・3265・1211㈹
文藝春秋ホームページ　http://www.bunshun.co.jp

落丁、乱丁本は、お手数ですが小社製作部宛お送り下さい。送料小社負担でお取替致します。

印刷・図書印刷　製本・加藤製本

Printed in Japan
ISBN978-4-16-792029-6